LO QUE SOÑÓ SEBASTIÁN

RODRIGO REY ROSA

LO QUE SOÑÓ
SEBASTIÁN

Seix Barral **Biblioteca Breve**

Cubierta: Ripoll Arias

Primera edición: marzo 1994

© 1994 by Rodrigo Rey Rosa

Derechos exclusivos de edición en castellano
reservados para España:
© 1994: Editorial Seix Barral, S. A.
Córcega, 270 - 08008 Barcelona

ISBN: 84-322-0699-7

Depósito legal: B. 7.142 - 1994

Impreso en España

LO QUE SOÑÓ SEBASTIÁN

A Blanca Nieto

I

La muchacha era menuda y nerviosa. Hablaba español con acento francés y su tema favorito eran los libros. Sebastián estaba interesado en ella, pero desde el principio se había dicho a sí mismo que esta mujer no era para él. Por un ventanal de vidrio con letras rojas que se leían al revés, se veía la oscura lluvia huracanada que comenzaba a caer.

—¿Miedo? ¿Por qué?

—Por lo que me dices, la casa está muy aislada.

—Un poco, sí. Pero al lado hay una posada. Voy allí cuando me canso de la comida de mi cocinero, o cuando quiero una cerveza o un cigarro, o solamente conversación. A veces puedes cansarte de estar solo.

La muchacha se sonrió, como diciendo: «Ya lo creo.»

—Te gustaría el lugar. En mi casa hay sitio, si quieres visitarme, y si no puedes ir a la posada. La comida es excelente, y las cabañas que tienen son verdaderas lecciones de ebanistería. Ningún clavo. Mi casa está inspirada en algunas ideas que vi aplicadas allí. Se trata de hacer todo lo posible por que, estando dentro, te sientas fuera.

La muchacha miraba fijamente el poso de su taza de café.

—Me gustaría ir, algún día.

Sebastián se volvió para mirar el tránsito de la avenida bajo la lluvia; recordó cómo la brisa de la laguna hacía sonar las palmas del techo de su casa y entraba por las ventanas sin cristales para circular por su habitación. «Jamás vendrá», pensó.

—¿Y te vas a la tarde?

—Sí. —No le gustaba la idea de volar con este tiempo.

La camarera les llevó la cuenta, y Sebastián se apresuró a pagar.

—¿Esperamos a que pase la lluvia? —sugirió la muchacha, y encendió un cigarrillo.

—Otro café para mí —pidió Sebastián.

Al otro día, al abrir los ojos y recordar dónde estaba, al extender la mirada todavía adormecida por el cuarto, a través de las paredes transparentes de su mosquitera, Sebastián había decidido recorrer de un extremo a otro su nueva propiedad. Apartando el velo para levantarse, con la resolución tomada, pensó: «He cometido una locura.» La tierra que acababa de comprar al otro lado de la laguna era mitad pantano, de modo que en tiempo de lluvia lo que tendría sería una pequeña isla, una isla rodeada de manglares cuya parte más alta, poblada de viejos y altos árboles, servía de refugio a una fantástica variedad de animales.

El corto trayecto en lancha hasta la Ensenada terminó de despertarlo. El aire fresco de la mañana, los colores, la sensación de desplazarse sobre el agua, incluso el parejo ruido del pequeño motor, le alegraban; y sin embargo tuvo el presentimiento de que este día no sería del todo placentero. Redujo la velocidad, y la lanchita de aluminio alzó la punta. La hizo virar para seguir por un angosto y sinuoso arroyo entre los zarzales en flor. No era fácil distinguir la realidad —las ramas entreveradas— de su claro reflejo en el agua. Ahora, el arroyo describía sus eses más pronunciadas, y las suaves olas levantadas por la lancha ya estaban allí, meciendo los arbustos en las orillas, cuando ésta doblaba el próximo recodo. Un pato negro, asustado, alzó el vuelo; parecía que corría sobre el agua dando ásperos graznidos.

Sebastián llegó a la Ensenada, donde terminaban los zarzales, y atracó en la orilla de barro. Allí, atado a unas raíces que brotaban de la tierra, estaba el pequeño cayuco de palonegro de Juventino. Juventino estaba unos metros más arriba, acuclillado bajo un cedro, en el cual tenía apoyado un viejo fusil. Fumaba un cigarrillo.

—Te oí venir —le dijo a Sebastián, y echó el humo a los mosquitos que volaban alrededor de su cabeza.

Sebastián subió la pendiente con los ojos clavados en el fusil. Juventino, lentamente, se puso de pie.

—He venido a cazar —dijo—. Iba para tu casa, a pedirte permiso. Me contaron que ahora también esta tierra es tuya.

—Es verdad. Ya sabes que no le doy permiso a nadie. Nadie caza aquí.

Juventino tomó su fusil y se lo puso al hombro.

—Eso no es verdad. ¡Aquí caza todo el mundo! —se rió—. Los Cajal cazan aquí sin tu permiso, pero como yo soy tu amigo tendré que irme un poco más allá. Pero si ellos les cortan cl paso aquí, los animales nunca llegarán a donde yo puedo esperarlos. Vienen aquí, porque por aquí se pasa al agua. Si los atalayan, se van a meter por los zarzales —indicó con la cabeza el extenso bajo al este de la Ensenada— y de allí no los saca ni Dios.

—Mejor para ellos —dijo Sebastián—. Lo siento, pero no quiero que caces aquí, Juventino.

—Está bien. Somos amigos. —En la orilla había un gran árbol tumbado y sumergido a medias en el agua oscura—. Mire, don Sebastián. Esa madera. Es pucté; muy dura. Está desperdiciada. Si se queda allí mucho tiempo, se va a picar.

Sebastián hizo un gesto de conformidad.

—Si querés, aprovechala vos.

—Mañana vengo por ella —respondió Juventino, muy agradecido—. ¿Qué andás haciendo a estas horas por aquí? Me habías dicho que sólo en tus cuadernos te gustaba trabajar por la mañana.

—Vine a pasear. Todavía no conozco bien mi propiedad. Quería ir al ojo de agua, que está cerca del otro lindero. No conozco el camino.

—Si querés te lo enseño.

Empezaron a caminar; Juventino iba delante por el angosto sendero que culebreaba entre el bosque de palmas; palmas muy jóvenes, que aún no tenían tronco y que brotaban del suelo de hojas podridas y parecían las plumas nuevas de un monstruoso animal, o palmas adultas con hojas como enormes sombrillas, y palmas de lancetillo, con delgados troncos erizados de largas espinas. El aire olía a clorofila y a humedad. El agua destilaba de todas las hojas, de las gruesas lianas, de los xates, de los hongos de distintos colores que crecían en el suelo o en los troncos de los árboles. Después de andar quince minutos, aunque iban despacio, los dos estaban empapados en sudor.

—Mirá, mirá, los micos. —Juventino se detuvo de repente y se agachó para observarlos; varias ramas se movían en lo alto de los árboles—. No, no son micos —corrigió—. Son micoleones. —Miró al suelo, bajo los árboles—. Shhh. Alto. —Señaló unas matas de pitaya, a unos veinte metros, y susurrando—: Es un caimán.

—¿Dónde? —dijo Sebastián. Y con insistencia—: ¿Dónde está?

Por fin alcanzó a ver entre las hojas un ligero movimiento, y la gruesa cola del reptil, al lado de un tronco de manaco viejo tumbado. De pronto, como por arte de magia, la cola desapareció.

—¡Cabrón! —exclamó casi sin voz Juventino, que estaba preparando su fusil.

—Juventino, ¡no! —Pero no hizo nada más por detenerlo cuando se puso de pie para salir corriendo detrás del animal. Se sintió un poco cobarde. Después de unos minutos, hostigado por los mosquitos, decidió seguirlo; de lejos, despacio.

Recordó, sin saber por qué, que alguien le había dicho que la carne de caimán joven sabía a langosta. Esto le hizo pensar en un discurso oído hacía varios años a una señora oriental acerca del inconveniente de alimentarse de gallinas, en lugar de vacas. Según cierto principio —que podía ser invención de la señora—, la vida de una mosca, la de un elefante y la de una señora eran, en esencia, iguales. La suma de vidas sacrificadas por un comedor de gallinas era muy superior a la de vidas sacrificadas por uno de reses, y por lo tanto el karma del primero costaba mucho más

13

caro. Oyó un disparo, y echó a correr hacia adelante, presa de la emoción, como un niño, y de la curiosidad. Pero luego oyó otro disparo, y perros que ladraban; se detuvo. Se oían también voces de hombres. Insultos. Otro disparo. Más voces, ahora muy bajas, susurros imposibles de comprender, y los ladridos de varios perros que sonaban cada vez más excitados.

—Están bien muertos los dos, hombre —dijo una voz que no era la de Juventino—, y ahora mejor nos sacamos de aquí, mi hermano.

Sebastián no se movía, y sus ojos se abrieron de asombro y de temor. Dejó que le picaran varios mosquitos, hasta que oyó de nuevo las voces de los hombres que se alejaban con sus perros. «Han dejado uno atrás», pensó. Le oía ladrar y dar cortos aullidos. Se acercó con cautela al pequeño claro en el bosque de palmas, donde yacía Juventino a pocos pasos del caimán, cada uno con una oscura herida roja y circular en la cabeza. El perro estaba menos interesado en el hombre que en el gran reptil. Aunque no dudaba que estuviera muerto, Sebastián se arrodilló junto al cuerpo de Juventino, le tocó la sien para sentirle el pulso. «Muerto —dijo para sus adentros—. Yo sabía que algo malo iba a pasar.» Sabía que esto era sólo parcialmente cierto, pero lo que uno recuerda se parece sólo parcialmente a la realidad. El perro seguía ladrando, a intervalos cada vez más largos; ladridos cortos, muy agudos. De vez en cuando, miraba a Sebastián —que seguía junto al muerto— con los ojos entrecerrados y una sonrisa absurda de satisfacción. Sebastián cubrió la cara del muerto con su sombrero, que había quedado boca arriba al lado del cuerpo. Luego, poniéndose de pie, se quitó el cinto, y se

14

acercó despacio al cuerpo del caimán. Con un rápido movimiento, rodeó con el cinto el cuello del perro, que no le rehuyó. «Vamos, bonito», le dijo, sorprendido al ver que el perro le seguía sin oponer ninguna resistencia, sin siquiera ladrar. Comenzó a desandar lo andado a través de la húmeda selva. Las lianas, las plumas gigantes que brotaban del suelo, las calientes agujas de luz, la celosía de pequeños sonidos, todo le parecía un poco irreal. ¿Qué hacía él trotando con este perro negro por entre los árboles? ¿Huía de alguien? Tal vez. Pensó con disgusto que tendría que hacer algo que no quería hacer: ir de visita a la comisaría de Sayaxché.

«Vamos, perro.» Le hizo subir a la lancha. Encendió el motor, y el perro fue a colocarse en la punta, agitando la cola. Cuando salieron del arroyo a la laguna, Sebastián aceleró. El perro parecía sonreír constantemente, como si la brisa creada por la lanchita le causara placer, y sus orejas de cazador, una de las cuales estaba muy roída por la sarna, ondeaban como banderolas al viento. Sebastián atajó por el Caguamo, un tributario del Amelia, y cuarenta minutos más tarde llegaba a Sayaxché. Amarró su lancha al enorme cayuco de los hermanos Conusco, que no le cobraban nada por hacerlo, y saltó a tierra con el perro. Cuatro perros flacos que estaban cerca del agua se acercaron a husmear al recién venido. «Vamos, perro.» Sebastián tiró del cinto, y el perro negro lo siguió con un gemido. Subieron por la calle de polvo y piedras hacia la plaza donde estaban la iglesia y la comisaría, y los perros libres, uno por uno, se fueron quedando atrás.

—¿Y por qué vamos a creerle? —preguntó el sargento Ochoa.

El comisario Godoy, que observaba al perro, lo señaló.

—Tiene el perro —dijo con impaciencia.

—Eso —dijo Sebastián—. No sé cómo se me ocurrió traerlo, pero aquí está.

—Firme aquí, si tiene la bondad —le dijo el secretario cuando terminó de mecanografiar el parte—. Hay que avisar al juez de paz.

Sebastián firmó, y dijo:

—El que pasara en mi terreno, no implica nada, espero.

—Nada —le aseguró el comisario—. Pero ahora me temo que tendrá que enseñarnos el lugar. —Se volvió al sargento—. Que venga el agente Bá. Y usted también, sargento. Traigan una camilla para el muerto.

—Juventino tenía una novia en el Paraíso —dijo Sebastián—. Creo que no tenía a nadie más.

—¿Una novia? —El comisario se había puesto de pie—. Antes vamos a ver el cuerpo.

Sebastián se metió la camisa en el pantalón.

—¿No tienen una cuerda para el perro? Me gustaría recuperar mi cinto.

—Preparen la *Malaria* —le dijo el comisario al agente Bá.

La bala que había matado a Juventino había entrado entre las dos cejas. La cara, del color de la cera, estaba cubierta de hormigas negras.

—En el merito centro, mi jefe —dijo el agente Bá—. Mire, lo mismo que el caimán. ¡Cuántas hormigas hay!

El juez de paz se inclinó para cubrir con una manta blanca la cara del muerto.

—Y el fusil del finado —dijo el sargento—, ¿dónde estará?

El agente Bá se puso a buscar alrededor del claro. Recogió una rama y dijo, riéndose, «No, esto no es».

—¿Usted no caza? —le preguntó el comisario a Sebastián.

—No. Hace más de diez años que no disparo un fusil. He prohibido que se cace en mis tierras. Este terreno acabo de comprarlo, por eso no hay letreros, pero pronto los voy a poner.

El comisario hizo apuntes en su libreta.

—¿Por dónde cree que se fueron? —preguntó.

Sebastián señaló el sendero al otro lado del claro, donde un viejo amate estrangulaba a una vieja palmera.

—Deben de ser del Paraíso, mi jefe —dijo el sargento—. No hay otro poblado en esa dirección.

—Sí —dijo el comisario—. Si eran cazadores, podrían ser los Cajal.

—¿Cajal? —exclamó Sebastián.

—¿El nombre le dice algo? —quiso saber el juez.

—Esa muchacha que le decía, con quien Juventino tuvo amores, era de apellido Cajal. Pero en fin, lo que ocurrió aquí fue un accidente.

—Es difícil que alguien le meta una bala en medio de las cejas a otro, por accidente —dijo el comisario con tono de fastidio.

—Tiene razón. Pero fue por el caimán. Y el caimán estaba allí por accidente, es lo que quise decir.

—¿Nos llevamos también el caimán, jefe? —preguntó el agente Bá, y se relamió los labios—. Mire nomás qué lujo de piel.

—¿Cómo? —dijo Sebastián—. El animal es mío. Fue matado en mi propiedad, ¿no, comisario?

—Por ahora vamos a dejarlo donde está. Si lo necesito más tarde, mandaré por él.

—Espero que no sea sólo por la piel —dijo Sebastián.

—¿Por la piel? —El comisario se sonrió despreciativamente—. ¿No aparece ese fusil, eh, sargento? —Se volvió de nuevo a Sebastián—. ¿Usted ha oído hablar sin duda de algo llamado balística?

Entre el sargento y el agente pusieron el cadáver en la camilla, y después volvieron en silencio, en fila india, con Sebastián y el juez a la cabeza, por el sendero hasta el agua.

—¿Y qué hará ahora, comisario, si se lo puedo preguntar? —dijo Sebastián después de desatar su lancha.

El comisario se quitó la gorra y se rascó la cabeza. Su pelo, liso y muy negro, destilaba sudor y brillantina. El comisario Godoy era joven y parecía un hombre razonable, incluso amigable, pensó Sebastián.

—Vamos a dar una vuelta por el Paraíso, con el perro, para ver si es de los Cajal. Luego hay que ver lo que dice el juez aquí.

El juez no dijo nada.

Al subirse a la lancha de aluminio llamada *Malaria* (porque había sido utilizada para transportar medicinas y enfermos durante una epidemia en los márgenes de La Pasión) agregó:

—Si tengo que hacerle preguntas más tarde, ¿dónde lo puedo encontrar?

Sebastián, que estaba a punto de tirar de la cuerda para encender su motor, contestó:

—En la bahía del Caracol, allí está mi casa. Hay una bolsa de plástico blanca amarrada a un mangle rojo cerca de las piedras que llaman los Libros. No se puede perder.

Encendió el motor e hizo virar su lanchita para adelantarse describiendo eses por el arroyo hasta salir a la laguna, que comenzaba a picarse con la brisa de mediodía.

Francisco Cajal, un viejo alto y delgado, de piel curtida por el sol y abundantes cabellos blancos, miraba por un ventanuco la fumarada de polvo levantada del camino por un vehículo invisible todavía.

—¿Dónde se ha metido esa patoja? —dijo—. Parece que ya están aquí.

—Aquí, tío —anunció Roberto, que acababa de entrar en la casa por una puertecita trasera seguido por una muchacha de unos veinte años, más alta que él, delgada y de piel bastante clara.

—Este imbécil de tu primo mató a Juventino Ríos, María —le dijo el viejo.

—Ya me lo dijo. ¿Es verdad que fue accidente?

—Es verdad. Pero escucha. Ven acá. Mira. —Se apartó de la tronera para dejar sitio a la muchacha—. Es el jeep de la policía —continuó—. Juventino no andaba solo. Los muchachos volvieron por el Diógenes, que no dejaba al caimán, pero el que andaba con Ríos se lo había llevado. Debe de haber ido a chillar con el perro, y ahora lo traerán aquí. ¿Te acuerdas del Diógenes, el hijo del Conejo con la Palmera?

—Claro que me acuerdo —respondió de mal talante María.

—Pues quiero que les digas a los chontes que era de Juventino Ríos. Tú se lo regalaste. Pero tienes que decirles que cuando te abandonó se lo llevó con él.

María movió negativamente la cabeza.

—A Juventino no le gustaban los perros. Todo el mundo va a saber que dije una mentira.

—No me importa —insistió el viejo—. Tú harás lo que yo te diga.

—¿Por qué tenías que matarlo? —dijo la muchacha, volviéndose hacia su primo, que seguía junto a la puerta. La muerte de alguien que había tenido tan cerca le causaba una sensación de irrealidad.

—Siempre le llevó ganas —dijo el tío, y miró a Roberto—. Espero que no te jodan bien esta vez.

Se quedaron los tres quietos, en silencio, casi sin mirarse, hasta que se oyó el motor del jeep. Se oyeron los ladridos de un perro, voces de hombres, y el motor se apagó.

—¿María —dijo el viejo—, ¿has entendido? Regresa a tu casa y espera allí hasta que mande por ti.

—Sólo una vez voy a mentir —dijo la muchacha, mirando a su primo con aversión, y salió por donde había entrado.

—Es dura tu prima —dijo el viejo; su sobrino se quedó mirando la puertecita con una expresión, alrededor de sus ojos pequeños, de rencor.

Desde la puerta principal, llegó la voz del agente Bá.

—¡Policía!

El comisario empujó suavemente la puerta, y no logró ver a nadie en la penumbra del interior.

—Señor Cajal, es el comisario Godoy de Sayaxché; por favor, salga.

Francisco Cajal atravesó la pequeña habitación, abrió de par en par la puerta y salió al deslumbrante sol. El perro que el agente Bá tenía sujeto con una cuerda de nylon agitaba la cola, gemía de contento. Tiraba insistentemente de la cuerda, y cuando el joven Cajal salió detrás de su tío, comenzó a ladrar y dar de tirones con más fuerza.

—Se alegra de verlos, este perro —dijo el comisario—. ¿Cómo se llama? ¿Es su perro, Roberto? —preguntó el comisario. Miró al sobrino con una sonrisa falsa, luego se volvió al viejo y le dijo—: ¿Saben dónde lo encontraron?

—Ese perro no es nuestro —dijo Francisco Cajal, y escupió en el suelo.

El comisario miraba a Diógenes, que se había sentado en el polvo y seguía agitando la cola y dando agudos ladridos de tiempo en tiempo.

—¿Contento de estar aquí, no? —le dijo—. Dime, ¿quién es tu dueño?

El viejo adelantó un paso hacia el perro y dijo:

—Es el hijo de una perra mía. Pero no es mío. Es de Juventino Ríos.

El sargento Ochoa, que estaba detrás del comisario, se rió.

—¿Será posible? —dijo.

—Entonces, señor Cajal, ¿este perro no le pertenece a usted, ni a nadie de su familia?

—Ya se lo dije una vez, y no voy a cambiar de opinión. Es una lástima que los perros no puedan hablar —se sonrió cínicamente—. ¡Hola, Diógenes! —dijo—. Me alegro de verte otra vez por aquí.

El perro respondió con dos ladridos y rascó el polvo con energía, mirando al viejo.

—Claro que nos conocemos —dijo éste—. ¡Y tanto! Si yo te enseñé a cazar.

—¿Sí? —dijo en tono neutro el comisario—. Le ruego que me explique cómo es eso.

El viejo lo miró con aire de indulgencia, como diciendo, «si me habla así, le entiendo».

—Ese Juventino Ríos, que es malísima persona, vino a molestarnos aquí hace poco más de tres años. Se metía con mi sobrina, que paró manteniéndolo durante bastante tiempo. Él no tenía perro para cazar y ella le regaló éste, cuando era un cachorro. La broma no me gustó. Pero ni modo.

—Ya sabe usted que Ríos está muerto.

—¿Muerto? No le diré que me alegro, para que no piense mal. Pero sí que no me extraña nada. Cuando un hombre así muere, uno se dice, uno más.

—Oiga, don Francisco, espero que no esté bromeando, porque se podría arrepentir. Esa sobrina suya que vivió con Ríos, ¿no anda por aquí?

El viejo se rió.

—Sí —y le dijo a su sobrino—: Vos, Roberto, llamate a la María. Decile que la justicia le quiere hablar.

María llegó por una vereda que rodeaba las casas hasta donde estaban los hombres. Se secaba las manos con un delantal sucio con pequeños restos de masa de maíz.

—¿Reconoce este animal? —le preguntó secamente el comisario, señalando al Diógenes, que estaba echado en el suelo a la sombra del agente Bá.

—Creo que sí —dijo María con los ojos muy abiertos—. ¿No es el Diógenes, Roberto?

Roberto la miró sin expresión y asintió.

—¿Sabe a quién pertenece? —prosiguió el comisario.

María dejó escapar una risita de desdén.

—Cómo no iba a saberlo —dijo—. A Juventino Ríos. —Se mordió el labio inferior y volvió la cabeza para quedarse mirando a lo lejos, una ceiba solitaria que crecía en medio de un campo desolado.

—¿No está mintiéndome? —le preguntó amablemente el comisario.

—Pues vuelva a preguntármelo —le dijo María, mirándolo en los ojos con repentina intensidad.

22

—Está bien, está bien. —El comisario alzó y agitó las manos sonriendo, como si quisiera romper la tensión. Se volvió al perro y le dio un fuerte puntapié en las costillas. El perro se revolcó en el suelo dando aullidos de dolor, y luego gruñó, mostrando los colmillos. El agente Bá sacó su garrote y se quedó aguardando. El comisario volvió a mirar a María—. Juventino no quería a los perros, es lo que dice todo el mundo. ¿No sabías que murió?

—Pues me alegro.

—Vuelve a tu casa —le dijo el viejo Cajal, y María obedeció.

—¿Dónde están sus demás perros, don Francisco? —preguntó el comisario.

—Con los muchachos, andan cazando.

—¿Y usted no sale con ellos?

—Sí. Siempre. Pero esta mañana Roberto aquí tiró una topeizcuinta antes de llegar al Tamiscal, y decidimos regresarnos, para no andar cargando. —Se quedó de pronto completamente inmóvil. Luego, muy lentamente, se llevó una mano a la nuca, se rascó la cabeza, sin dejar de mirar el suelo frente a sus pies—. Dígame, comisario —dijo, mirándolo con un solo ojo—, ¿es que no hay otros sospechosos? Cada vez que matan a alguien, me parece que usted piensa en mí.

—Usted lo ha dicho, don Francisco —respondió el comisario, y se sonrió también él con cinismo—. Es una lástima, de veras, que los perros no puedan hablar. Éste —y se acercó despacio al Diógenes— podría contárnoslo todo. —Sacándose la pistola, le dijo al agente Bá—: Téngamelo bien.

Roberto Cajal cruzó los brazos, entrecerró los ojos y por un momento dejó de respirar. El comisario había puesto la punta del cañón de su pistola debajo de la oreja roñosa del animal, mientras le acariciaba la cabeza, a pesar de los gruñidos nada amistosos del animal. Dijo:

—Dime, perrito, ¿quién es tu verdadero dueño? O te reviento los sesos. A la una. A las dos. Y a las... ¿Nadie contesta? ¿Nadie habla por ti? Pues adiós, Diógenes. —El perro miraba a Roberto Cajal, y parecía sonreír con la lengua fuera—. Tres.

El comisario disparó.

—Lo siento —dijo—. Si no tenía dueño, ¿qué iba a hacer con él? A mí tampoco me gustan los perros. ¿No les importará enterrarlo, espero? Después de todo, aquí tiene a su familia.

El agente Bá desató la cuerda del cuello del perro muerto, que apenas sangraba, y la enrolló para guardársela en el bolsillo.

—Oiga —le dijo el comisario a Francisco Cajal—, creo que su sobrino tiene problemas. Mire cómo aprieta los puños. Ningún hombre se pone así porque maten al perro del hombre que desvirgó a su prima.

—Era un buen perro —dijo el viejo con voz muy ronca, y miró al comisario—. ¿Por qué lo mató?

—Ya le dije que lo sentía. ¿Qué hubiera hecho usted con él?

Sebastián Sosa puso el pie en la columna de madera frente a su hamaca y se empujó para aumentar el vaivén. Hacía calor, pero había sólo uno que otro mosquito. Él tomaba medidas extremas para evitar que lo picaran. Acababa de rociarse con un fuerte repelente, cuyo olor detestaba. En un día normal, hubiese sido imposible sentarse a leer aquí fuera sin quemar corozo o, en el peor de los casos, sin poner la mosquitera. Su casa, que parecía un simple rancho, estaba elevada del suelo por pilares de madera cubiertos de alquitrán, y se encontraba a la orilla de un pequeño claro en la selva primigenia, con árboles que se elevaban hasta los cincuenta metros. Sólo a mediodía recibía directamente el sol, de modo que nunca llegaba a agobiarle el calor. El alto techo circular de palma de guano hacía pensar en el sombrero de un hongo gigante tostado por el sol. Debajo de la imponente estructura de troncos rollizos de liquidámbar atados solamente con bejucos, una enorme jaula de tela mosquitera hacía de cielo raso —a través del cual podían verse de noche volar luciérnagas y murciélagos— y de grandes ventanales, rematados en tabiques bajos para dejar entrar la brisa y la luz.

Una lancha atravesaba la laguna; no reconoció el sonido del motor. Estaba leyendo un tratado de moral, y su autor, un judío alemán, estaba a punto de llevarlo a la exasperación. Sin embargo, le hubiera sido imposible leer una novela; hacía media hora, cuando se inclinó sobre un baúl abierto para escoger su lectura, sólo este libro nuevo, negro y rojo, de pasta dura, atrajo su atención. Las portadas de las novelas que tenía y aun sus títulos le parecieron insípidos. Se le ocurrió que la ética podría, aquí, ser una lectura entretenida; porque en este lugar apartado de todo uno podía soñar con ser un hombre justo, un hombre moral. Si ésta era la razón, pensó, era un mal síntoma. El alemán seguramente pedía demasiado, y Sebastián comenzó a sentirse enfermo de un mal, si no mortal, incurable al menos. Era cosa de ver quién duraba más, se dijo a sí mismo mientras descansaba la vista, alzando los ojos de la densa página a los retazos de agua brillante entre las ramas bajas de los grandes árboles. Se preguntó, de pronto, cuánto tiempo le estaría dado vivir en este sitio, y luego trató de recordar cómo había decidido establecerse aquí. Había obrado por impulso, y después las circunstancias se habían inclinado a su favor; ellas habían hecho el resto. Estas eran reflexiones ociosas, aun absurdas, lo sabía. Estaba aquí porque aquí quería estar.

Se sentó en la hamaca y puso los pies descalzos en el piso de madera. «Tengo que encerarla uno de estos días», pensó. Cuidaba de la casa él mismo; de hecho, la había construido prácticamente sin ayuda, y se sentía muy orgulloso del resultado.

La cocina era un edificio separado, otro rancho alto y rectangular, a unos setenta metros de la casa. En una covacha adyacente vivía Reginaldo, su único sirviente, un mulato de Sayaxché. Sebastián oyó ladrar al Juguete, el perro de Reginaldo, y pensó en el perro negro de los cazadores; se preguntó qué habría hecho el comisario con él. Se levantó de la hamaca y paseó de arriba abajo por el amplio balcón. Oyó el motor del lanchón del Escarbado, la aldea kekchí que estaba al otro lado de Punta Caracol, y alcanzó a verlo pasar dejando una suave estela más allá de los árboles, tan cargado de gente y sacos que parecía que su borda iba a ras del agua y que el menor oleaje le haría zozobrar. Juventino Ríos había vivido en el Escarbado después de abandonar el Paraíso, y antes de mudarse a una pequeña parcela tierra adentro, donde vivió completamente solo durante más de un año. ¿Hasta qué punto podía decirse que Juventino había sido su amigo? Desde el principio habían intercambiado una serie de gestos amistosos. Pero la suma de todos éstos, ¿podía llamarse realmente amistad? Juventino había dejado de existir sin dejar más huella en Sebastián que estas preguntas vanas y una cadena de recuerdos vagos que sin duda acabarían por borrarse. Había capturado al perro, y creía que si todo hubiese vuelto a ocurrir habría actuado de la misma manera; pero le parecía que lo más sabio habría sido no hacer nada, dar media vuelta y alejarse del lugar. Las olas de la estela lamían con un murmullo casi inaudible la inclinada orilla de tierra y piedras blancas. La voz de Reginaldo, que llegó de debajo del balcón, le sobresaltó.

—¡Hay alguien aquí que quiere vendernos pescado!

—¿Y queremos pescado?

—Como usted diga. Tienen buena cara. Son blancos.

—Pues cómpralos.

—No tengo dinero.

—Ahora voy.

Reginaldo comenzó a caminar de vuelta a la cocina. Sebastián le había dicho varias veces que no le llamara «don», pero él recaía repetidamente en la costumbre; parecía más a gusto tratándolo así. Existía una clara diferencia entre la clase de hombre que eran ellos y la clase de hombre que era él. Metió la mano hasta el fondo del saco donde escondía el dinero para el gasto, y tomó varios billetes. Fue al cuarto de baño para ponerse crema repelente en la frente y en las orejas, y luego se calzó y bajó de la casa para dirigirse a pasos rápidos a la cocina.

Al ver al niño que traía los pescados, sufrió un ligero escalofrío, sin entender por qué. Se parecía mucho, decidió, a una mujer. ¡La Cajal! Sólo la había visto en fotos, pero estaba seguro de que este chico era un familiar. Era moreno, muy delgado, y era imposible adivinar su edad. Sus rodillas eran prominentes y sus pies, descalzos, muy largos y huesudos. Sus ojos almendrados recordaban los de una chica india. Tenía los pescados bajo el brazo, a la cadera, en una palangana de plástico azul.

—No te había visto nunca por aquí —le dijo Sebastián.

—No, señor. —El niño se puso muy serio.

—¿Cómo te llamas?

—Antonio Hernández Cajal.

—Hombre —dijo Sebastián, y pronunció su propio nombre—, mucho gusto.

El niño se cambió de brazo la palangana, apoyándola en la otra cadera. Le alargó a Sebastián una mano sucia con escamas, mojada.

—Disculpa que no te la dé —le dijo Sebastián; con la izquierda, le dio tres palmaditas en el hombro—. ¿A cuánto está el pescado?

—En el Escarbado lo vendo a diez por pieza.

—Está bien. ¿Cuántos tienes? Dámelos todos.

El niño tomó los cuatro billetes que le extendió Sebastián y, esbozando una reverencia y diciendo «Gracias», giró sobre sus talones. Bajó dando saltos las gradas de tierra y raíces del empinado ribazo y subió en un cayuco pequeñísimo. Se empujó de la orilla con el remo y desapareció al doblar más allá de los manglares.

—¿Qué hay? —le preguntó Sebastián a Reginaldo, que examinaba muy de cerca la barriga hinchada de uno de los pescados sobre la larga mesa en el centro de la espaciosa cocina.

—Nada. Pero ésta como que tiene hueva.

—Se comen los huevos, ¿no?

—Hay quienes se los comen. Yo no los he probado, ni los pienso probar. —Reginaldo dejó a un lado la pescada.

—He oído decir que no son malos. Caviar maya.

—No me gusta el caviar.

—A mí tampoco, pero esto podría ser distinto. Creo que los vamos a probar.

—Tal vez usted. —Reginaldo le abrió el vientre a otro pescado y le sacó las entrañas. El Juguete, sentado a los pies de la mesa, lo miraba con ansiedad. Reginaldo tiró los desechos fuera de la cocina, por encima de un tabique de cañas, y el perro corrió a devorarlos. Después de limpiar los otros pescados, Reginaldo volvió a la pescada. La abrió muy cuidadosamente. Extrajo del vientre una masa de huevecillos envueltos en una membrana alargada, rosácea, traslúcida. Con la punta del cuchillo, perforó un extremo de la bolsita, y por allí sacó los huevecillos grises y los puso en un plato de barro. Sebastián se acercó, tomó el plato y se lo llevó a las narices para olfatear. Reginaldo se rió.

—Yo no me arriesgaría, usted.

—¿Está fría la nevera? Los vamos a dejar allí.

—Muy bien. —Reginaldo llevó el plato a la nevera, un vetusto aparato con la pintura pelada y bastante oxidada que ronroneaba en un oscuro rincón.

—Pero cúbrelos, sí, con ese tazón.

Reginaldo alargó el brazo para alcanzar el tazón y cubrió los huevecillos antes de meter el plato en la nevera. Luego volvió a la mesa, donde estaban los pescados, y comenzó a cortar colas y cabezas.

—Voy a Punta Caracol —le dijo Sebastián—. Vuelvo al oscurecer.

Los Howard eran propietarios de una extraordinaria posada en la punta mayor de la pequeña bahía. Cómo había logrado un extranjero adquirir ese terreno y —más aun— cómo había conseguido la autorización para construir allí una posada era algo que probablemente nunca llegaría a estar muy claro. Era evidente que Richard Howard —conocido en la región como *el Mexicano*, porque había vivido mucho tiempo en Veracruz y allí había aprendido el español— era un hombre inmensamente rico. Pero seguramente había hecho falta algo más que dinero para adjudicarse este antiguo centro del comercio maya. Aunque el sitio había sido saqueado por «huecheros» mexicanos y otros especialistas extranjeros antes de la llegada de los Howard, corrían rumores de que cuando él lo compró todavía quedaban allí algunas piezas valiosas que encontrar. Él, desde luego, hacía caso omiso de esas acusaciones ¡evidentemente infundadas! Lo cierto es que todo el mundo estaba de acuerdo en que *el Mexicano* era una buena, si no excelente, persona. No era éste el caso, sin embargo, de su esposa Nada, una colombiana casi veinte años más joven que él. Había en Sayaxché quienes recordaban a la primera esposa de Howard, de quien tenían buen recuerdo. Pero Helen Howard no había sido capaz de soportar, no tanto el clima de las tierras bajas peteneras, como sus severas deficiencias sociales. Aseguraba que el lugar embrutecía a la gente, y, por lo tanto, había decidido regresar a Nueva York y dejar que su esposo, si él así lo deseaba, siguiera embruteciéndose. En realidad, la compañía de Richard no bastaba a su apetito social, y no estaba dispuesta a mezclarse con la gente del lugar. La nueva esposa, en cambio, había venido con intención de establecerse aquí definitivamente. Nada de Howard era servil en su trato con «Rich» —lo que revelaba su origen más bien humilde— y despótica con sus empleados. Las dos muchachas del Escarbado que trabajaban para ella, ambas muy jóvenes, no podían dejar de admirar a la extranjera que había escogido este sitio perdido en medio de la selva para hacer su hogar; pero los trabajadores del sexo opuesto no sentían tal admiración, y habían tenido que llegar al extremo de aclarar explícitamente que no recibirían órdenes de la señora. A veces, si estaban de buenas, condescendían a hacerle algún favor. En un lugar semidesértico como éste, cada trabajador era, quien más quien menos, una «persona», y era necesario tener presente todo el tiempo que la rotación de mano de obra era muy limitada. Así, Richard Howard se veía obligado a hacer concesiones que en otras circunstancias le hubiesen parecido insoportables, y se resignaba a aceptar que su querida mujer les resultara francamente insufrible a todos los otros machos de la región. A Nada le costaba relacionarse con la gente si no era dentro de los esquemas familiares de una u otra forma de subordinación. Recibía órdenes de Rich, y las daba a los demás. Los hombres ya se habían acostumbrado a responderle, a veces en tono burlón: «Lo siento, doña Nada, pero eso no me toca a mí.» Todos, a sus espaldas, la criticaban duramente a la menor ocasión.

Aquella tarde, cuando Sebastián llegó a la posada, doña Nada estaba en el ranchón abierto que servía (provisionalmente, pues la posada estaba en obras) de comedor. Hacía cuentas en un ordenador portátil, y tardó algunos minutos en alzar los ojos para saludar a Sebastián. Un hermoso guacamayo llamado Otto, la mascota de Nada, andaba de arriba abajo por la viga principal. Cuando la hubo saludado, dándole un beso en la mejilla que ella le presentó, Sebastián retrocedió rápidamente, pues sabía que de no hacerlo el Otelo con plumas descendería sobre su cabeza con las peores intenciones. Nada siguió tecleando el ordenador unos minutos más.

—Aléjate otro poco —le dijo después a Sebastián—, es más seguro. Cada día se pone más difícil este animal. ¡Otto! ¡Quieto allí! —Apagó el ordenador y miró a Sebastián—. ¿Cómo has estado?

—Regular.

—¿Viste lo de Juventino?

—¿Si lo vi? Poco faltó. ¿Quién te lo ha contado? Hace sólo unas horas que ocurrió.

—¿Has olvidado dónde estamos? Pero siéntate. ¿Bebes algo? ¿Una cerveza? —Se volvió hacia la cocina para gritar—: ¡Manuel! ¡Tráigale una cerveza bien fría a don Sebastián!

Manuel era cuñado de Reginaldo, y, como él, un excelente cocinero. Acudió con prontitud, y Sebastián se puso de pie para saludarlo y recibir su cerveza, que estaba, en efecto, muy fría.

—Wilfredo vino hace un rato del Escarbado —dijo Manuel—, y nos contó lo de Juventino. Dice que usted fue a la policía con un perro de los Cajal. ¿Es verdad?

Nada le interrumpió.

—¿No estás solo en la cocina? Cuántas veces te ha dicho don Richard que no dejes la salsa sola ni un minuto.

Manuel se disculpó y regresó a la cocina.

Otto voló a una viga menor, y se quedó marcando el paso, inclinado hacia delante, mirando a Sebastián con un ojo, luego con el otro.

—¿Está Richard? —preguntó Sebastián.

—No. Fue al Duende con Davidson, el arqueólogo. Están hablando de hacer un libro sobre Punta Caracol. ¿Te imaginas? Yo le pido a Dios que no lo hagan.

—¿Por qué?

—¿No te das cuenta? Despertaría demasiado interés, y podrían terminar echándonos de aquí. Para ellos no somos más que dos pinches extranjeros. Aunque claro, Rich tiene amigos. De todas formas, demasiada publicidad no nos conviene.

—Comprendo. Pero sería interesante saber más acerca del lugar. El Hong Kong de los mayas, ¿no es así como lo llaman?

—Eso es.

—¿Y qué piensa Richard?

Nada movió la cabeza de una manera que pudo querer decir cualquier cosa.

—Está indeciso todavía —dijo—. De todas formas, no podría oponerse. Y Davidson parece muy entusiasmado.

Sebastián sacó una revista que traía doblada en el bolsillo de su pantalón.

—Quería enseñarle esta revista a Richard. Supongo que a ti también te podría interesar. Hay tres artículos sobre Punta Caracol. —Puso la revista junto al pequeño ordenador.

—¿Mencionan nuestros nombres? —preguntó Nada con un falso tono de ansiedad.

—No. Es una publicación puramente técnica. De la Universidad Popular. Ni siquiera mencionan que exista un hotel.

—Gracias. —Nada hojeó la revista con semblante grave, casi disgustado. La cerró—. Los dibujos son pésimos —se rió con desprecio—. ¿Viste cómo ponen la escarpa del Duende? Da risa, de verdad.

—Sí —dijo con reserva Sebastián—. No son

muy buenos. Hay un artículo de Davidson que no está nada mal.

—¿En español? —preguntó Nada, sorprendida.

—Sí.

—Pero él no lo habla —levantó una mano y juntó el índice con el pulgar— ni así. La cerveza, ¿estaba fría?

—Deliciosa.

Nada se sonrió y miró a Sebastián con una vaga expresión de dulzura.

—Lo de Juventino debe de haberte afectado. ¿Qué pasó con ese perro? Sabes, después de Wilfredo vino Miriam con un cuento un poco cambiado. Dice que le dijo su novio, que pasó por el Paraíso viniendo de Tzanguacal, que el perro no era de los Cajal. Que era de Juventino.

—¿De veras? Es raro. ¡Es ridículo! Todo el mundo sabe que Juventino no tenía ningún perro.

—Tuvo uno hace varios años, cuando andaba con María Cajal. No lo querían en el Paraíso a Juventino. Y seguro que fue uno de ellos el que lo mató. Cualquier pretexto es bueno cuando lo que te gusta es matar. Y a esa gente vaya si no les gusta. Yo agarraba al primero y le hacía contarme lo que pasó. Y al culpable lo mandaba ajusticiar sin más ni más. Así se hacía en Barranquilla, y por Dios, era la única manera. Pero me temo que no va a ser así en este caso, y lo siento por ti. Los Cajal tienen amigos, y Juventino no era nadie —dijo con desdén.

—El comisario parecía dispuesto a arrestar a alguien.

—Yo espero que ese alguien no seas tú. —Nada se rió—. En este paisito, nunca se sabe.

—No lo creo, pero supongo que tienes razón.

—Sebastián se puso de pie—. Gracias por la cerveza.

—De nada. Gracias por pasar.

—Nada —dijo Sebastián, y se detuvo antes de salir del ranchón—. Iba a olvidarlo. ¿Fuiste tú quien me dijo que los huevos de blanco se comían?

Nada asintió con la cabeza, y arrugó el entrecejo con expresión divertida, y tal vez un poco maliciosa.

—¿Cómo se preparan?

—Yo los pongo a enfriar un par de horas. Si no cambian de color, te los puedes comer. Con galletas de soda y mantequilla quedan muy bien. ¡Cuidado!

Otto pasó volando muy cerca de la cabeza de Sebastián.

—¿Los tienes? —preguntó Nada.

—Sí.

—Dichoso. Son buenísimos. A que no sabes para qué sirve la membrana.

Sebastián dijo que no lo sabía.

—Los mayas las usaban para hacer preservativos. —Se sonrojó.

Sebastián fue a la cocina por el sendero de grava blanca bordeado con troncos de botán.

—Adiós, Manuel. Oye, ¿sabías tú que Juventino tuviera un perro?

—Que yo sepa no tenía ningún perro.

—Gracias. Hasta luego.

Cuando pasó de nuevo junto al ranchón del comedor por el sendero de grava, Nada ya no estaba allí, ni Otto; sólo la revista de arqueología y el ordenador.

Detuvo la lancha a media bahía. Se quedó un momento escuchando los sonidos de la tarde que, con los colores, comenzaban a despertar. Una escuadra de garzas intensamente blancas pasó cortando el aire saturado de distintos tonos verdes. Sebastián se quitó la ropa y se sentó en la borda de la lancha, se dejó caer de espaldas al agua. El agua, tibia en la superficie, muy fría un poco más abajo, no era clara. Los mangles colorados la teñían del color del té. Nadó en torno de la lancha y después trepó por la punta. Se quedó tendido al sol decadente hasta que se puso muy rojo y grande y dejó de calentar, hundiéndose en una esponjosa alfombra de árboles.

—No, yo diría que no han cambiado de color —le decía Reginaldo. Ya había oscurecido, y examinaban el «caviar» a la luz de una vela pegada a una mesita cerca del fogón. Sebastián tomó el plato y lo acercó más a la vela.

—Creo que no. Los vamos a probar.

Dejó el plato en la mesa y se volvió para alcanzar un limón de la canasta en la alacena. Fue hasta la pila de piedra y lavó el limón. Mientras tanto, Reginaldo ponía la masa de huevos en un platillo de china, donde estaban ya las galletas de soda y un trocito de mantequilla. Sebastián partió el limón en cuatro con un pequeño cuchillo y se sentó a la mesa frente al manjar.

—No tires la bolsita —le dijo a Reginaldo—, lávala bien, por favor, y déjala allí.

—¿Dónde?

—En la otra mesa —dijo Sebastián, dirigiendo una sonrisa a Reginaldo, que había retrocedido algunos pasos para recostarse en un pilar; lo observaba con atención, entre preocupado y divertido.

—Espero que estén buenos —dijo. A Sebastián le pareció por un instante que su cocinero era el personaje de alguna grotesca corte. Reginaldo, al sentirse observado, arrugó la frente, y volvió a convertirse en él mismo.

—¿Por qué tan serio? —le preguntó Sebastián, y luego exprimió un trozo de limón sobre los huevecillos grises. Untó un poco de la masa con su cuchillo en una galleta. Tomó un bocado y miró el cielo raso de junco, degustando. Removió el bolo alimenticio con la lengua. Tragó.

—Son muy buenos —dijo, y comenzó a preparar otra galleta. Reginaldo le dio la espalda para poner dos filetes de pescado en la parrilla, muy caliente, y un poco de humo cargado con olor a grasa quemada hizo un rizo en el aire.

—Huele un poco a marrano, ¿o estoy imaginando cosas? —Reginaldo les dio vuelta a los filetes y los puyó con un largo tenedor; unas gotas de jugo cayeron sobre las brasas con un *tssss*. Cuando estuvieron listos, los sirvió en dos platos y se sentó a la mesa frente a Sebastián.

—Buen provecho.

—Está muy bueno —dijo Sebastián—, pero tienes razón, no huele, ni sabe, a pescado. Mejor.

—Aquel venado, ¿se acuerda? —comenzó a decir Reginaldo un momento después—, el que vino la luna pasada al frijolar. Pues ha vuelto. Anoche arruinó varias matas; esta tarde, cuando fui a echar insecticida, lo vi. Yo creo que vamos a darle agua, don Sebastián. —Hablaba sin mirar a Sebastián, pero ahora alzó la vista y agregó—: Hoy es la luna.

—Pero no quiero que lo mates. Ya sabes que no quiero que nadie cace aquí. Ese frijol es mío, y no me importa que lo arruinen los venados. Al contrario.

—Pero si no lo mato yo, lo matarán los vecinos. Hoy vi al hijo de don Lencho rondando por ahí, y ese no perdona nada. Si no voy yo por él, él va a ir.

—Te prohíbo que lo mates.

—Nos van a tomar por pendejos.

—No discutamos más. En esta tierra no se matan otros animales que mosquitos, tábanos y *algunas* culebras. ¿Entendido?

—¿Y arañas, y alacranes?

—No, no.

—Como usted diga. Pero el venado va a venir, y el hijo de don Lencho va a estar atalayándolo y se lo va a quebrar.

—Mirá, Reginaldo, a la noche vas a hacer guardia en el huerto, para ver que nadie le dispare a ese venado. Y si algo le pasa, te voy a joder a vos.

Reginaldo, levantándose de la mesa, dio por terminada la conversación.

A veces le había parecido que vivir aquí sería la mejor manera de estar en armonía con la naturaleza, confundirse con ella. Pero después de vivir aquí creía justamente lo contrario —y la gente que había vivido aquí toda su vida lo sentía así—: la masa de vida no humana que constantemente los rodeaba los hacía, por contraste, más humanos. Y el parecer de Sebastián era que estas gentes pecaban de demasiado humanas. Era una curiosa mezcla de dulzura inocente y crueldad brutal lo que daba su matiz peculiar a la personalidad colectiva del lugar.

Bajó las cortinas de caucho de su dormitorio. En el cuarto de baño, hizo sus abluciones a la luz de una lámpara de alcohol. Volvió al dormitorio y arregló la mosquitera. El estómago le dio un ligero vuelco cuando se metió en la cama. Cambió de posición. Poco después de oír el remoto, ronco rugido de los saraguates, se quedó dormido.

El país de los sueños es tan extraño que allí uno puede preguntarse si estar despierto es prueba de que no se está soñando; y a veces uno hace allí exactamente lo que no quería hacer. Uno puede soñar con los ojos abiertos, o puede abrir los ojos, y no ver nada. Nada. Como le ocurrió a Sebastián aquella noche. Este era un sueño típico —sobre todo después de la operación. Soñar que estaba ciego. Debía de tener un nombre, esa fobia a la ceguera. La pesadilla del hombre que corre pendiente abajo por un camino que orilla precipicios y no puede abrir los ojos pudo haber sido inventada por él. O el quieto sueño del ser que está en el cuarto, cerca de la cama, y el que sueña no puede alzar los párpados, ni se atreve a levantar un brazo para tocar la oscuridad, o tal vez quiere hacerlo pero le faltan las fuerzas. Pero en esta ocasión el sueño, si lo era, fue menos ambiguo. La presencia hostil cayó sobre él. Era como un animal con muchos brazos —¿siete, nueve? ¿Y la mosquitera, dónde estaba?, se preguntó. Las manos que lo sujetaban eran innegablemente humanas; los dos, ¿o tres?, cuerpos que tenía encima eran pesados y le impedían moverse. Ahora le dolían los ojos, que luchaba por abrir. Dos dedos se los oprimían brutalmente. Debía ser un velo lo que ahora le castigaba el rostro. Las esferas ciegas palpitaban dolorosamente contra la tela que alguien acababa de anudar detrás de su cabeza. «¿Quiénes son? ¿Qué quieren?», logró decir. Oyó respiraciones ajenas, y luego no oyó nada más que los grillos y las ranas de los árboles. A cada instante le era más difícil pensar que podía estar soñando. Con una mano, que otra mano tenía con fuerza por la muñeca, sintió una hendidura familiar en el colchón, reconoció la textura de sus sábanas. Estaba tendido en su cama sin conseguir abrir los ojos ni moverse. Un mosquito comenzó a zumbar cerca de su oreja; otro le picó en la frente. No podía estar dormido. «¿Qué quieren?», volvió a preguntar. Luchó por soltarse. Recibió un golpe en el estómago. Silencio.

Así pasaron, calculó, varios minutos. El miedo era algo pasajero, no podía durar para siempre. Comenzó a contar, en voz baja al principio, para sus adentros. Al llegar a mil, sin embargo —y le parecía que estaba enloqueciendo, no solo de miedo sino también de aburrimiento—, empezó a contar en voz alta. «¡Dos miiiiil!», gritó, y sintió que estaba a punto de llorar. Sollozó dos veces y después, con todas sus fuerzas, se revolvió, tiró y empujó con toda la violencia de que era capaz.

La mano derecha logró libertarse un momento, se movió hacia su cara, pero no llegó hasta allí. «Tiene que ser un sueño», pensó. Y un golpe en el vientre le hizo escupir el aire, y con él, las fuerzas. Gimió de dolor.

Nadie decía nada. Sebastián se dijo a sí mismo: «Quédate quieto.» Recuperó el aliento y trató de relajarse. Al cabo de un rato sintió que las manos que lo sujetaban ejercían menos presión. Comenzó a contar de nuevo, en voz baja.

Estaba a punto de dormirse, o quizá sólo de caer en otro sueño. Logró incluso sonreírse pensando que después de todo tal vez estaba soñando el sueño perfecto, un sueño que recordaría durante el resto de su vida, el sueño dentro del cual se sueña que se sueña, y que tiene la virtud de causar una incomparable sensación de libertad, de bienestar espiritual. Despertó con sobresalto; y la inmóvil vigilia era la misma que antes. Cayó en otro sueño, más profundo. Con un miedo irreal, se dio cuenta de que su mano era levantada por una fuerza que no era la suya. Luego fue depositada otra vez, muy suavemente, en el colchón. Había aprendido que tenía que dejarse llevar, bajo pena de un duro golpe en el vientre o en la región del hígado. Así, se vio sentado al filo de la cama. Al poner los pies en el suelo, sin embargo, no pudo resistir la tentación de volver a luchar por libertarse —y una vez más fue severamente castigado. De pronto, estaba acostado en la cama, boca abajo esta vez... Su saliva mojaba la sábana, sintió con una mejilla. Alguien le hundía los nudillos en la sien. «Ya está bien —gritó—. Voy a estarme quieto.» Lo tuvieron así, con la cara hundida en la cama, hasta que volvió a adormecerse. Entonces, le dieron la vuelta, lo sentaron en la cama y le hicieron ponerse de pie, sin que opusiera ninguna resistencia. Volvió a decirse a sí mismo, aunque con poca convicción, que podía estar soñando. Su abuelo, hacia el final de sus días, se había vuelto sonámbulo. Pensó en los huevos de pescado, y le pareció que podía ser la explicación. Como los había visto primero a la luz del sol y más tarde a la luz de una candela, se preguntó si el cambio de luz no habría hecho pasar inadvertido algún cambio de coloración. El estómago le dolía, y era posible que los golpes fuesen sólo la traducción onírica de un agudo malestar. Pero era difícil explicar que el dolor, aunque en el sitio apropiado, viniese de fuera.

Fue conducido del cuarto a la sala y a través de ésta al balcón. Su mano fue puesta en la manecilla de la puerta, y la puerta fue empujada por su mano. Al salir al balcón sintió la brisa en la cara y se detuvo. Oyó un ruido: un objeto pesado —¿de metal?— caía al suelo de madera. Se produjo un corto silencio, y luego fue empujado suavemente hacia el otro extremo del balcón. Su cadera tocó la barandilla. Sintió a sus espaldas el pegajoso calor de por lo menos dos cuerpos, que le apretaban. Oía sus respiraciones, y ahora, si estaba convencido de que no estaba en ningún sueño, no estaba convencido de su cordura. «Es el miedo —pensó—. Algo increíble está ocurriendo, me está ocurriendo a mí.»

Se oyó el sonido de un arma de fuego que era montada. Sebastián sufrió un leve mareo, se aflojaron sus piernas, pero fue sujetado. Se hizo encima. Entonces, para su sorpresa —tan intensa que volvió a llenar de irrealidad aquella noche irreal—, el arma, un pesado fusil, fue puesta en sus manos. «¿Qué es eso —pensó—, una manta? ¿Cubren el fusil?» Su dedo fue puesto en el gatillo. Vio, en la imaginación, el caimán muerto; pero estaba vivo. Y luego vio a Juventino. El arma se disparó. Hubo dos disparos sordos. Se olía a pólvora. Le quitaron el arma de las manos, y le hicieron desandar el camino hasta la cama, donde lo tumbaron boca abajo una vez más y le cubrieron la cabeza con la almohada.

Así pasó bastante tiempo, parte del cual estuvo dormido. Por fin se despertó de un sueño de infancia a la realidad de la noche interminable, para percatarse, con mucho recelo, de que las manos extrañas ya no estaban allí; sólo la suave almohada, y el hedor. Sin embargo, no quiso moverse. Abrió poco a poco los ojos, tosió. Vio la tela de su mosquitera, tensa, metida debajo del colchón, como la había colocado al acostarse. Con una mano la apartó y se sentó en la cama. Se dio cuenta de que su corazón latía con demasiada fuerza, y la mancha parda entre sus piernas aumentó su congoja. Se levantó, encendió la linterna que tenía en la mesita de luz y salió a la sala. Luego entró en el baño. Tenía picaduras de mosquitos en las orejas y en la frente. Volvió al dormitorio y tomó las sábanas sucias. Abrió el grifo de la bañera, y lavó las sábanas y el pantalón de su pijama. El sol aparecía detrás de los árboles cuando salió de la casa para llevar la ropa al tendedero. Colocaba los últimos ganchos, cuando Reginaldo apareció por el sendero que subía de la laguna. Sebastián, que pensaba en su abuelo sonámbulo, se quedó mirando la sábana blanca, hasta que Reginaldo se acercó y se detuvo bajo los bejucos que caían de lo alto de un guayacán.

—Buenos días —le dijo—. Hoy sí madrugó. ¿Y esa ropa? ¿Qué pasó?

Sebastián logró reírse, sacudiendo la cabeza.

—Nada, nada. Si te lo cuento, no me vas a creer.

Reginaldo arqueó las cejas, miró la ropa tendida, y luego bajó los ojos al suelo.

—A mí también me hizo mal ese pescado —dijo, y se puso una mano en el estómago, en el sitio donde le dolía a Sebastián.

—¡Me hice encima! —exclamó Sebastián, y soltó una carcajada que Reginaldo pareció imitar.

—¿De veras? Bueno, de eso no va a pasar, ¡espero! ¿Oyó los tiros?

—¿Qué tiros? —preguntó Sebastián, asombrado.

—Anoche fui al frijolar, como me ordenó —dijo Reginaldo, irguiendo la cabeza—. Allí estaba Tono, el hijo de don Lencho, del otro lado del cerco. A eso de las dos, cuando la luna está metiéndose en los árboles, apareció el cachudo. ¡Tenía unos cachos así! —alzó los brazos por encima de su cabeza—. Yo disparé al aire, y el animal se quedó como sembrado. Tono vino y le dio la luz. Le tiró, pero muy rápido, sin apuntar apenas, porque el bicho se hizo humo. Ese no era venado, me dijo Tono, por Dios. Yo he tirado miles, y sé cuándo le pego a uno y cuándo fallo. No. Ese no era venado, por mi madre que no. Eso dicen siempre cuando uno se les va.

Comenzaron a andar hacia la casa.

—Algo oí —dijo Sebastián—, entre sueños.

Se limpió las botas en un bordillo de piedras.

—¿Vas a ir a Sayaxché? —le preguntó a Reginaldo.

—Por eso venía. Necesitamos varias cosas. La lancha del Escarbado no tarda en pasar. ¿Tiene dinero?

Sebastián subió a la casa por el dinero.

—El agua está hirviendo en el fogón y hay tortillas, si quiere desayunar —le dijo Reginaldo cuando volvió a salir. Contó los billetes con sus manos nudosas y huesudas y se los guardó en el bolsillo. Atravesó el claro y se perdió entre las sombras bajo los árboles.

Sebastián desayunó en la cocina con el Juguete, y luego fue a dar un paseo por el frijolar. Lo recorrió de un extremo a otro, y orilló el pequeño claro lentamente, sin saber exactamente qué buscaba. Vio las hojas de varias matas mordisqueadas, pero ninguna huella, ni humana ni animal. Se detuvo al borde de la selva, donde un viejo chacá había caído, y se acuclilló para observar un apretado enjambre de moscas verdinegras que se agitaban en el suelo de hojas podridas entre la sombra y el caliente sol. Producían un zumbido sorprendentemente fuerte. Con una hoja de escobillo, Sebastián las apartó.

Descubrió un grumo negruzco que resultó ser un coágulo de sangre. Buscó alrededor otros enjambres de moscas, pero en vano.

Regresó a la casa. Tomó el libro de ética que le había exasperado ayer y se acostó en la hamaca. No alcanzó a leer un solo párrafo. Cerró el libro, lo dejó caer al suelo. Era imposible permanecer allí. Se levantó y anduvo de arriba abajo por el balcón. Se sentía como un animal que echa de menos su cueva. Extrañó las paredes coloniales que le habían visto crecer. Añoraba la sensación de sentirse dentro. Aquí estaba dentro, era cierto, ya que la selva era como una inmensa caverna; dentro y fuera eran conceptos relativos, y dentro de su casa —como él lo había querido— uno se sentía fuera. Pensó en las palabras de su padre cuando le mostró los planos de su nueva vivienda: «A mí no me haces vivir allí ni muerto.» Un hombre, aunque fuera el más honrado —le había dicho—, necesita sentirse protegido. Era mala la inseguridad. Sólo un salvaje que no tuviera nada que perder podía vivir en tales condiciones. «O alguien tan moderno como tú», había agregado. Sebastián se sonrió, se encogió de hombros con la resignación de un hombre enfermo, y siguió paseando por el balcón.

Se oía el obstinado canto de los grillos y las chicharras, que anunciaban la llegada del calor. Sebastián pensó en sus bosques de palmas del otro lado de la laguna, donde el ruido de los insectos era aún más estridente que aquí. Así, pensó en el pequeño claro donde había ocurrido la tragedia de ayer. Se preguntó si el caimán seguiría allí, y decidió ir él mismo a ver.

El claro estaba vacío. Revivió las escenas con

el perro y los policías. Después de buscar un rato, distinguió huellas de botas, y la larga huella del caimán, que había sido arrastrado hacia el sendero que llevaba al Paraíso. Las siguió, y un poco más allá del claro descubrió más huellas de dos distintas clases de calzado. Cerca de la zanja que señalaba el límite de su terreno, se detuvo lleno de indignación. Del otro lado de la zanja estaba el cuerpo desollado del caimán, panza arriba y completamente cubierto de hormigas.

Las huellas de calzado, que nadie había intentado borrar, desaparecían más allá de una cerca de alambre de púas, para convertirse en huellas de cascos de caballos sin herrar.

Sólo en una ocasión había tratado con el viejo Cajal. Recién llegado a la laguna, había solicitado sus servicios como guía, pero el otro había rehusado al enterarse de que Sebastián no veía con buenos ojos la profesión de cazador. Ahora tendría que visitarlo de nuevo. No iría en son de guerra, pero no podía andarse con rodeos; sabía que ésta era la manera de habérselas con esta gente, que despreciaba profundamente cualquier rasgo de debilidad. El viejo, pensaba Sebastián, podría mentir, alegar que no sabía nada de ningún caimán. Con el incidente de Juventino, todo podía presentar otro cariz. Pero si ellos habían osado llevarse la piel, él tenía derecho de inquirir.

El agua de la escasa lluvia de hacía tres noches estaba aún encharcada en las profundas holladuras del ganado. El hediondo fango color caqui era pegajoso, y Sebastián se detenía a cada paso para extraer un pie, y luego el otro, de la tierra con un ruido casi obsceno. Aquí picaba el sol. Atravesó dos o tres potreros, volvió a internarse en una franja de selva, donde el fresco de la sombra le sorprendió, y salió de nuevo al sofocante calor del sol que quemaba los maizales en la parte alta de la hondonada donde estaba el Paraíso. Era casi mediodía y no se veía a nadie fuera de las casas de tablones blanqueados y techos de palma. Aquí atrás estaban los corrales, los gallineros y las jaulas de los perros. Un chumpipe atado a una estaca se paseaba al sol, y una cerda negra se revolcaba en un estrecho charco de fango. Más allá, detrás de un jocotal, había una estructura de bambú que atrajo la atención de Sebastián. Lo que le había parecido una especie de toldo, resultó ser una colección de pieles puestas a secar al sol. Un perro, que no se veía, comenzó a ladrar en son de alarma. Sebastián pasó más allá del gallinero, acercándose a la primera casa, y llamó:

—¡Ave María!

—Buenas —respondió una voz de hombre, neutra. Recostado bajo el alero de la siguiente choza estaba un hombre robusto, de cara ancha y redonda, que sonreía amablemente. Algo de oriental había en él.

—Buscaba al señor Cajal. Me llamo Sosa.

El hombre adelantó algunos pasos y le alargó la mano.

—Mucho gusto. Benigno Semprún.

De pronto, la cara del hombre le pareció conocida.

—No hay nadie. Andan cazando. Salen de día y de noche. No descansan. Son los mejores.

—Ahora lo recuerdo —dijo Sebastián—. ¿No es usted uno de los guardas del Duende?

—He hecho algunos turnos allí. Pero ¿usted

ha estado allí? Disculpe si no lo recuerdo. Uno ve tantas caras que todas se olvidan después de algún tiempo.

—¿Vive aquí?

—Una semana de cada mes —dijo Benigno con cierto orgullo—. Plan veintidós. No soy cazador, pero me gusta esta vida. De joven fui chiclero. Ahora trabajo el campo, y todo mi maíz se lo vendo a estos señores. Mi mujer es una Cajal. Ella quiere irse a San Andrés, mi pueblo. Soy itzá.

Sebastián recordaba su visita al Duende, tres años atrás. Benigno le había sorprendido porque parecía conocer íntimamente la historia de los antiguos pobladores de la región, y no le había hecho relatos incongruentes. Recordó que se había quejado de estar perdiendo la vista. Se volvió hacia el jocotal y preguntó:

—¿Puedo ver esas pieles?

Benigno lo acompañó hasta la curtiembre. La piel del caimán estaba allí, tendida entre las pieles de un ciervo y de un margay. Tenía que ser *su* caimán; el tamaño de la piel, que aún estaba fresca, se lo decía. Se limitó a comentar:

—Bonitas piezas —y agregó, afectando candidez—: ¿No está prohibido?

—Hay leyes contra esto, sí —dijo Benigno—, pero no han llegado hasta aquí.

Anduvieron hasta la última casa, lentamente, con calor.

—¿Puedo esperar un rato a don Francisco?

—Cómo no. Venga a tomar algo a mi casa. Ahora íbamos a comer. Nos servirá mi esposa.

—No, muchas gracias. Es temprano para mí. Un vaso de agua sí le acepto, o una taza de café.

Rodearon la casa y pasaron a la fresca penumbra del interior. En un rincón ennegrecido por el humo estaba María Cajal abanicando el fuego de una cocina rústica. «Es ella», pensó Sebastián, recordando al mismo tiempo una foto de feria en Sayaxché, donde también aparecía Juventino, y al niño de los pescados de ayer. María miró a Sebastián, dejó el abanico junto al fuego, empujó al enorme gato anaranjado que estaba afilándose las uñas en la pata de la mesa y sirvió un vaso de agua de una jarra de plástico verde. Era mucho más joven que Benigno, y Sebastián la encontró muy atractiva. Se sentaron los tres a la mesa, la pareja frente a sendos platos de frijoles negros con arroz, Sebastián frente a un vaso vacío y un tazón lleno de café. La mujer, con mucha tranquilidad, aludió a la muerte de Juventino.

—Y cómo mataron al perro —le dijo a su esposo.

Sebastián trató de no mostrarse sorprendido.

—¿Mataron un perro? —preguntó.

—Primero a él, y luego al perro. —Benigno se rió.

Sebastián sintió de pronto que estaba en peligro. «Aquí todo el mundo sabe quién es quién —se dijo a sí mismo—. Ella sabe que yo sé que fue amante de Juventino.» ¿Pero cuánto sabía el esposo?

—Yo era amigo de Juventino Ríos —dijo.

Benigno, que había terminado de comer, miró a su esposa un instante, y luego se puso de pie.

—Muchas gracias —dijo. Dejó su plato en el lavadero y salió de la casa.

María se quedó mirando un rato por la puerta, el polvo rojo descolorido por el sol. Luego habló.

49

—En este caserío soy la única mujer —se sonrió—. Aunque está mi tía, que tiene más de ochenta años y duerme todo el día. No se imagina lo que es aguantar a estos hombres. ¡Son tan violentos! Yo me quiero largar.

—Benigno parece bastante tranquilo.

—Es el único. Es tan raro... No sé por qué se casó conmigo. —Lo miró—. ¿A qué ha venido? ¿Quiere saber quién lo mató?

—¿Sabes quién fue?

—No.

—No vine a eso, de todas formas. ¿Pero qué es eso del perro? ¿Era de él en realidad?

—Yo se lo regalé. Pero lo dejó aquí cuando se fue. No debió venir aquí así, solo, ¿sabe? Mi tío cree que por culpa suya tal vez nos van a hundir. —Alargó la mano para tocarle el brazo—. Vive solo, ¿no? ¿No necesita una sirvienta? Necesito trabajo, para largarme de aquí.

Benigno apareció a la puerta, sonriente y lustroso con sudor.

—Ya están aquí los señores —anunció, señalando a sus espaldas con un dedo. Se oyeron varios perros ladrar.

Sebastián se puso de pie, dio gracias a María por el café y salió al sol. María, que lo siguió hasta la puerta, le dijo en voz muy baja: «Tenga cuidado.»

La repentina familiaridad de la mujer le había inspirado desconfianza. Había tenido la extraña impresión de que ella sabía algo acerca de él que él mismo ignoraba. Sin embargo, se sentía atraído por ella; de modo que se alejó de la casa con un regusto ambiguo.

Frente a la curtiembre estaban cinco hombres con ropas oscuras, rodeados por un inquieto círculo de perros. El viejo Cajal estaba en el centro, y los otros cuatro, inclinados sobre un joven tapir muerto, parecían mucho más pequeños que él. Benigno dijo:

—Alguien lo anda buscando, don Francisco.

Como un solo animal los cinco se volvieron. Benigno presentó a Sebastián.

—Nos conocemos —dijo el viejo.

No hubo apretones de mano, no hubo ningún saludo. El viejo chascó la lengua para hacer callar a los perros, que le ladraban al extraño.

—He venido a molestarlos —comenzó Sebastián—, porque creo que ha habido un malentendido. —Señaló la piel del caimán tendida en la curtiembre—. Ese animal murió en mi tierra. Me pertenece.

Don Francisco escuchaba con aire de impaciencia. Se encogió ligeramente de hombros, y preguntó cómo sabía Sebastián que la piel que estaba allí era la del animal del cual hablaba.

—He seguido unas huellas hasta aquí. —Los miró a todos, uno por uno, por primera vez. Y agregó, dirigiéndose al viejo—: Si me equivoco, pido perdón.

El viejo miró el más joven de sus hombres.

—¿De dónde trajeron ese caimán, Roberto?

El sobrino favorito de don Francisco, el mejor tirador, habló:

—De lo de Coy. Lo hallamos en el lindero.

Sebastián se sonrió y sacudió la cabeza.

—Coy es mi vecino, sí. Pero el caimán estaba de mi lado del lindero.

Alguien dijo por lo bajo: «Este hombre vale lo que el perro.»

Don Francisco le dijo a su sobrino:

—Si hallaron eso dentro del terreno del señor tenemos que entregarle el cuero. —Con un brusco movimiento de la cabeza dirigido a la curtiembre, mandó a Roberto a descolgar la piel.

—Pero iba a podrirse donde estaba —alegó el joven al alejarse.

—No voy a discutir por tonterías —le dijo el viejo a Sebastián—. Y sepa que nunca he dejado de pagar un favor. —Con estas enigmáticas palabras, se marchó a paso rápido para desaparecer detrás de la primera casa.

Los primos Cajal se quedaron junto al tapir. Uno de ellos, que tenía un largo cuchillo en la mano, se acercó a Sebastián y se quedó mirándolo a los ojos. Luego se dio la vuelta y se acuclilló, diciendo: «A trabajar.» Otro se inclinó sobre el animal para sujetarle una pata delantera, mientras el cuchillo entraba por la base del cuello y rasgaba la oscura piel dejando una estela roja a través del vientre hasta el sexo, que orilló, y el ano. Dos cortes más, rápidos, precisos, y las entrañas rodaron al suelo y fue el manjar de los perros.

Roberto trajo la piel, enrollada en una caña de bambú.

—¿La va a vender? —preguntó al entregársela a Sebastián.

Sebastián acarició con dos dedos el cuero suave y caliente, con olor a cal apagada.

—No lo creo —dijo. Echó una mirada por encima del hombro al tapir ya casi completamente desollado—. Adiós —dijo, y nadie contestó. Se fue por donde había llegado, sin volver la vista atrás.

Después de almorzar solo, pues Reginaldo no regresaría hasta más tarde, colgó la piel en el tendedero, descolgó su ropa, que ya estaba seca, y se fue a dormir la siesta. Atravesando el claro donde estaba la casa, vio su corta sombra enredada entre sus pies, y pensó en la cama con asco pero también con anhelo. Había puesto sábanas limpias, pero el colchón seguía húmedo. Se tendió cerca del borde, sin bajar la mosquitera. Se cubrió los ojos con un brazo. Cantó un pajuil. Cayó en el sueño de la siesta, un sueño claro.

Tardó varios minutos en despertarse. Por fin, levantó las piernas y las dejó caer al lado de la cama, se puso de pie. Las dos horas que había dormido le parecían muy largas, como contaminadas con la noche de ayer. Tenía en la boca un mal sabor, y una extraña sensación en todo el cuerpo. En el cuarto de baño se mojó la cara y se lavó los dientes. Se sintió un poco mejor. «Necesito hablar con alguien», pensó.

Salió al balcón, se sentó en la hamaca. Era la hora para estar allí; las sombras se alargaban y trepaban por los árboles, y los colores triunfaban por fin de la deslumbrante blancura de la luz. Una pareja de loros voló por encima del claro, y sus gritos se fueron alejando como puntos de sonido en una línea recta. Más tarde, un colibrí enano apareció debajo de las palmas del techo, se quedó un momento suspendido sobre la barandilla mirando a Sebastián, y desapareció tan rápidamente que fue como si nunca hubiera estado allí. En las piedras blancas que bordeaban el sendero, había dos lagartijas color turquesa que brillaban en un charco de sol.

Sebastián cerró los ojos. Sintió nostalgia por el tiempo en que todo le había parecido nuevo, y aunque todavía hoy, a veces, todo podía parecerle en cierto modo nuevo, añoraba el abismo que le había separado de la gente del lugar, la ausencia de vínculos de cualquier clase; le parecía que entonces había llegado a disfrutar plenamente de la belleza inhumana que le rodeaba.

«Catalogar insectos hallados en un radio de veinte metros alrededor de la casa», pensó. El Juguete ladraba.

Se levantó rápidamente al oír un remo que golpeaba el costado de un cayuco. Bajó del balcón y se fue despacio hasta los árboles. Apartó unos chipes falsos para ver a María Cajal que se bajaba del cayuco de Juventino. «Viene de la Ensenada», se dijo, sorprendido. María metió un pie en el agua al bajarse del cayuco, que amarró a una raíz de mangle. Se quitó la sandalia de plástico, le sacudió el agua. Luego se quedó mirando los dos senderos que subían el empinado ribazo, sin saber cuál tomar.

Sebastián apareció en lo alto.

—María —le dijo—. Qué haces por aquí.

María subió a su encuentro. Era sin duda la mujer más atractiva de la región, alta, enhiesta. ¿Por qué la había abandonado Juventino? Se acercaba parsimoniosamente, con una sonrisa vaga, como reflexionando, mirando alternativamente el camino de barro y raíces y al hombre que aguardaba inmóvil en lo alto. Cuando se detuvo a un paso de él, Sebastián vio las gotitas de sudor sobre sus labios y en la punta de su nariz.

—¿Lo molesto?

—No. Al contrario. Me alegra verte.

—¿Está solo?

—Reginaldo fue a Sayaxché —y agregó con

un revoloteo en el estómago—: No regresa hasta las seis.

—Pues mejor —dijo María. Se pasó la mano por la frente—. ¿Ha ido a lo de Juventino?

Sebastián no había pensado en ir.

—Da lástima —siguió María—. Vivía tan solo. Ese cayuco y su fusil era todo lo que tenía. Y ese ranchito, que parece casa de perro, tan pequeño que es.

—Vivir así le gustaba —dijo Sebastián, como en defensa del muerto.

—Sí. —María adelantó un paso muy corto—. Déjeme que trabaje para usted. Déjeme que le sirva.

Sebastián no dijo nada. Sus cuerpos estaban muy próximos, y una intimidad animal floreció entre los dos.

—Haré todo lo que usted me pida. No me tiene que pagar, si no quiere. Con que me dé techo y comida...

—Sí. Quiero. —La voz de Sebastián sonó cavernosa. Pensó desordenadamente que ella podría ayudarle a penetrar el misterio de anoche.

—¿Le gusto, don Sebastián?

—Sí.

La lancha llamada *Malaria* surcaba lentamente el agua verde chícharo del atajo del Caguamo, un canal rectilíneo cubierto con un techo de ramas. El comisario Godoy apartaba las ramas que amenazaban con tocarle la cara. «Este lugar me sienta bien —pensó—. ¡Pero qué gente!» Por la mañana le había visitado el comisionado militar, para pedirle que investigara más a fondo a Sosa en relación con la muerte de Ríos, y por la tarde el juez de instrucción le había enviado un auto de registro. Todo el mundo sabía que ambos eran amigos del viejo Cajal. El militar era adicto a la carne de tapir, imposible de encontrar en el mercado; y el hijo del juez tenía un famoso restaurante en Flores, especializado en caza, cuyo principal proveedor era Francisco Cajal. (El alcalde de Sayaxché, por otra parte, era el anfitrión de un norteamericano que venía cada año a comprar pieles.)

Salieron al Amelia, y al poco tiempo alcanzaron al lento cayuco del Escarbado, con sobrecarga de gente y animales. La estela de la lancha de aluminio, que lo adelantó rápidamente, provocó gritos de susto, que parecieron de júbilo, en los pasajeros. El agua verde entró por la borda.

—¿No ve lo que hace? —le dijo el comisario al agente Bá, que piloteaba—. ¿No ve cómo van de cargados?

—Es culpa de ellos, jefe —replicó el agente—. Llevar tanta carga es ilegal.

El cayuquero acercó a la orilla su embarcación, mientras los kekchíes achicaban el agua con recipientes de plástico de distintos colores.

La *Malaria* siguió, se perdió al doblar el próximo recodo. Unos minutos más tarde llegó a la la laguna, con una bandada de malaches que volaban bajo gañendo como marranos. A media laguna, el comisario alcanzó a ver una figura femenina que remaba de pie en un pequeño cayuco.

—Ésa es la Cajal —dijo el agente Bá.

—Hombre —dijo el comisario—. Qué vista tiene usted.

Atracaron en la orilla, y el Juguete empezó a ladrar.

Sebastián, que estaba tendido entre los almohadones, en la sala, se incorporó. Se puso una camiseta y salió al balcón. Una luz suave, plateada, jugaba sobre la laguna, más allá de los árboles oscuros.

—Disculpe que aparezca así —dijo el comisario, que estaba al pie de la escalera—. ¿Puedo pasar?

Subió las gradas de dos en dos. Sebastián logró sonreírse y le dio la mano. El comisario se sacó del bolsillo una hoja de papel doblada en cuatro. La extendió.

—Es una orden de cateo —dijo, y arqueó las cejas, ¿con resignación?, al mirar el papel—. Está firmada por el juez.

Sebastián la leyó rápidamente, con un ligero mareo.

—¿Puedo echar un vistazo?

—Sí. Cómo no. Pase.

El comisario entró en la sala, la recorrió con una mirada apreciativa. Dijo: «Bonito lugar.» Fue despacio hasta la esquina donde estaban los almohadones. Allí había una toallita blanca, y envuelta en la toallita estaba la membrana de los huevos de pescado, desgarrada. El comisario no le prestó atención. Se volvió a Sebastián.

—¿Qué es ese olor?

—Es el olor de la selva, entra con la brisa.

—¿Tiene un armario? —preguntó, súbitamente serio.

Sebastián lo guió hasta el dormitorio, donde, más allá de la cama, había dos grandes baúles que formaban un ángulo recto con los tabiques.

—Todo lo que tengo, aparte de lo que está a la vista, lo tengo aquí. En éste hay libros, y en el otro ropa.

Antes de registrar los baúles, el comisario se

puso de rodillas para mirar debajo de la cama. Con un gruñido, metió una mano y sacó un objeto largo, oscuro, que al principio Sebastián tomó por un remo, o una escoba; pero al instante reconoció su error y se dijo a sí mismo que lo que le mostraba el comisario, que seguía hincado de rodillas con el entrecejo arrugado con menos enojo que sorpresa, no podía ser un viejo fusil, pero que era justamente eso, el viejo fusil de Juventino Ríos, con sus iniciales grabadas en la madera casi negra de la culata.

—Jota erre —dijo el comisario, poniéndose de pie—. Me temo, don Sebastián, que después de todo tendrá que acompañarme a Sayaxché.

II

Cuando hacía una semana que Sebastián estaba encerrado en la prisión de Sayaxché —un cuartucho de bloques con barrotes de hierro en la puerta y en la ventana— su abogado le envió de la capital un telegrama en el que le decía que al día siguiente sería puesto en libertad. A Sebastián le costaba creerlo. Al ser arrestado, había tenido la certeza de que su vida tendría un mal final. No le habría sorprendido mucho si el telegrama hubiese dicho: «Mañana te ejecutarán.» Recordó el fusilamiento público de un homicida que había presenciado cuando niño con un grupo de compañeros de la escuela, y luego acudieron a su memoria una serie de ejecuciones librescas. Pero el abogado, desde su primera visita dos días después de que Sebastián fuera arrestado, le había asegurado que no tenía nada que temer. El que el fusil de Juventino fuese hallado en su casa era un detalle embarazoso, que le convertía en delincuente, pero no en asesino: el arma homicida era otra. Sebastián tuvo que declarar que lo había tomado por motivos sentimentales, pagar una multa por «ocultación de accesorios», y hacer un obsequio al juez de instrucción. Las cosas se habían complicado cuando las pruebas de la parafina que le hicieron a Sebastián resultaron positivas, pues él le había dicho al juez que hacía años que no disparaba armas de fuego. Fue entonces cuando Sebastián trató de explicar lo que ocurrió la noche en que los cazadores lo visitaron, pero su abogado perdió la paciencia y le dijo que sería mejor inventar otra historia.

—¿Tienes confianza en Reginaldo? —le preguntó—. Eso espero, porque vamos a necesitar que nos cubra las espaldas.

Reginaldo tuvo que ir al tribunal a declarar que había sido él quien le quitó la piel al caimán, y que había visto a Sebastián disparar un fusil para asustar un venado que llegaba a comer a su frijolar.

La víspera de su liberación, Sebastián compartió la celda con un joven llamado Jacinto Gutiérrez. Tenía el pelo muy corto y una cabeza casi perfectamente redonda, con una fea cicatriz en la nuca, donde había recibido un machetazo «por pura equivocación».

—¿Por qué estás aquí? —le preguntó Sebastián.

Era de noche. Una vela pegada al suelo de hormigón en el centro de la celda lanzaba hacia las paredes y hacia el techo las sombras de los dos reos, que estaban sentados en una estera. Jacinto se miraba las manos, delgadas y oscuras; alzó los ojos para mirar a Sebastián.

—Por no llevar papeles.

Jacinto husmeó el aire con expresión de disgusto, y Sebastián se dio cuenta, con cierto asombro, de que el denso hedor de aquel cuarto había dejado de molestarle. Lo percibía sólo al respirar profundamente, o cuando movía la cabeza con brusquedad.

Se oyó el motor de un jeep que doblaba la esquina, y se apagó frente a la comisaría. Sebastián sintió de pronto una presión en el pecho.

—Vienen por mí —dijo Jacinto, y se puso pálido.

Unos minutos después un policía abrió la puerta y dos soldados entraron en la celda.

—Jacinto Gutiérrez —dijo el policía, y Jacinto se puso rápidamente de pie.

Uno de los soldados se colocó detrás de Jacinto y le dio un fuerte empujón hacia la puerta. Sebastián vio la cicatriz en la nuca del joven que desaparecía un instante. El policía cerró la puerta. «Van a matarlo», pensó Sebastián.

Sebastián durmió poco esa noche. Ya estaba acostumbrado a la dureza del suelo y a los bichos que vivían en la estera, pero pensaba en Jacinto. ¿Adónde, y por qué, se lo habían llevado? Clareaba el día. «Ya debe de estar muerto», se dijo, y por fin se durmió.

Los soldados llevaron a Jacinto en el jeep a un barracón en las afueras del pueblo. En el barracón, bajo una lámpara de gas que colgaba de la viga central, aguardaban dos hombres con rasgos aindiados, uno muy pequeño, con insignias de sargento, y otro alto y fornido que vestía pantalones camuflados y camiseta negra. Por la crucecita que éste tenía tatuada en la frente Jacinto comprendió que era el torturador. Sentaron a Jacinto en una silla de madera con respaldo recto, le ataron firmemente. Jacinto cerró los ojos, y el torturador le escupió en la cara.

—Mírame —le dijo el sargento—. ¿Sabés por qué secuestraron a Constantino Paz?

El torturador le dio a Jacinto un golpe con la mano abierta en la mejilla.

Jacinto volvió los ojos a la pared del barracón, y sintió la impresión caliente de los cinco dedos en su cara. Fue como si el golpe le hiciese revivir su pasado de combatiente: las primeras manifestaciones, cuando era estudiante de derecho en la Universidad Popular, la librería y la pequeña imprenta que abrió en Huehuetenango y que la policía destruyó cuando se supo que allí habían sido impresos ciertos volantes, la huida a los Cuchumatanes y los meses de entrenamiento con el comandante Poc, la larga lucha cuerpo a cuerpo con un camarada una noche a la orilla del Chixoy a causa de una joven ixil, las campañas en la selva petenera bajo el mando del Padre Pierre.

—¡Contestá! —gritó el sargento, y el torturador administró otro golpe, esta vez con el puño y en la nariz.

El Padre Pierre, que diez años atrás había dejado el hábito y el púlpito por el traje camuflado y el galil, había acampado la noche anterior con un grupo de cinco hombres, entre ellos Jacinto, río arriba, más allá del parque arqueológico del Ceibal. Habían navegado en dos lanchas rápidas desde la confluencia del Lacandón, y en dos ocasiones dejaron el río y cargaron las embarcaciones a través de la selva para rodear los retenes del Altar de Sacrificios y del Planchón de las Figuras. Iban a Sayaxché a secuestrar a un hombre llamado Constantino Paz, que había sido el hombre de confianza del Padre antes de la catástrofe que había dejado sin tierra a treinta y tantas familias de colonos chortíes, y enfurecido y desilusionado al Padre hasta tal punto que se convirtió en guerrillero. (La cooperativa del Lacandón había progresado rápidamente, y cuando, obligados por las circunstancias —la ausencia de caminos, el largo trayecto por río hasta Sayaxché, que encarecía enormemente la mercancía, las maniobras de los especuladores, la imposibilidad de almacenar los granos en aquel clima—, tuvieron que vender sus cosechas a un destacamento de insurgentes establecidos en la Sierra Lacandona, sus campos y sus viviendas fueron bombardeados por la Fuerza Aérea Nacional.) Paz se había convertido en el líder de los colonos que no habían tomado las armas con el Padre, a quienes el ejército había cedido en arriendo parcelas dispersas por el territorio del Petén, y los que, ahora, planeaban volver a sus campos, abandonados a la selva hacía diez años. Creían, o decían creer, que el Padre los había engañado, que los había hecho dejar sus tierras de Oriente para aislarlos en medio de la selva con la mira puesta en abastecer a las tropas insurgentes del comandante Poc. Pero las tierras pertenecían a ellos tanto como a los campesinos rebeldes, y el Padre quería convencer a Constantino de que era mejor aguardar para evitar una pequeña guerra sin cuartel, hasta el momento en que fuera posible dividir con ecuanimidad las tierras abandonadas entre todas las familias pioneras.

Aquel día, el Padre había mandado a Jacinto en una de las lanchas a comprar el aguardiente que serviría para emborrachar a Constantino. Jacinto había arrimado la lancha a una tienda flotante de la aldea El Resbalón, y tuvo la mala suerte de ser visto por un agente viajero, con quien había compartido un banco en la universidad. Jacinto no reconoció inmediatamente a su antiguo compañero, que estaba en tierra, del otro lado de la tienda, bebiendo cerveza en compañía de dos guardias rurales. Fito Arango, el agente viajero, vendía artículos de plástico para una firma japonesa en las Verapaces y en el Petén. Para él, las palabras «comunismo» y «guerrillero» tenían una carga emocional tan negativa como pudieron tenerla «herejía» o «Satanás» para un tragasantos primitivo. Al ver a Jacinto, le dio la espalda, y dijo algo por lo bajo a uno de los guardias.

Cuando Jacinto hubo pagado el aguardiente, los guardias subieron a la tienda flotante, fueron hasta la lancha y lo arrestaron. Fito Arango se volvió para mirarlo cuando le ponían las esposas, y en ese momento Jacinto comprendió lo que había ocurrido.

—Sabemos que estabas con el Padre. Soltaron a Constantino pero está tan socado que no puede hablar. Vas a decirme dónde acamparon, hijo de puta, y después le vas a dar las gracias a este señor cuando te mate.

Jacinto se pasó la lengua por los labios y gustó su propia sangre. «No me cubrieron las espaldas», pensó, incrédulamente y con rencor.

Más tarde, mientras el torturador le explicaba cómo pensaba desollarlo, se dijo a sí mismo que aunque al principio quizá podría resistir, terminaría por hablar. Y aunque no llegara a hacerlo, sus compañeros lo supondrían y lo tratarían como a un traidor.

—Está bien —dijo—. Voy a hablar.

No mintió más que al afirmar que el grupo que había acompañado río arriba constaba de quince hombres en lugar de cinco. Así, obligaba al sargento a actuar con cierta prudencia, y con menos rapidez, pues tendría que movilizar toda una compañía.

—¿No querés babosearme?

—No.

—Juralo.

—Lo juro.

El sargento sacó la escuadra de su cartuchera, y le asestó un tiro a Jacinto en el corazón.

Poco antes del alba, los hombres del sargento ya estaban apostados a ambas orillas del río cerca del sitio donde los rebeldes habían tenido secuestrado a Constantino. Cuatro helicópteros sobrevolaron el área poco después de la salida del sol, y dejaron caer bombas incendiarias para trazar una línea de fuego e impedir una posible retirada tierra adentro. El viento soplaba del este, en dirección al río, pero a media mañana, después de un momento de calma, una brisa llegó del norte, y un poco más tarde un ventarrón cubrió el cielo de nubes y arrastró las llamas tierra adentro. Los rebeldes no fueron capturados, y el incendio se propagó durante nueve días hasta la confluencia del Amelia con La Pasión, a pocos kilómetros de las tierras de Sebastián en el lado alto de la laguna.

Aunque su padre y algunos amigos le habían dicho que después de lo ocurrido era imprudente seguir viviendo en aquel lugar, Sebastián no pensaba dejar la laguna. De vez en cuando experimentaba un malestar que no era puramente físico al recordar los días pasados en la cárcel. Y el recuerdo de Jacinto —veía su cabeza redonda que se echaba bruscamente atrás para ocultar la cicatriz en la nuca— hacía más agudo el malestar.

La última noche del incendio, Sebastián había ido en la lanchita con Reginaldo hasta la lengua de tierra donde terminaba su terreno, separado de la tierra por un antiguo canal maya, y juntos habían visto un interminable desfile de insectos, reptiles y mamíferos, que buscaban del otro lado del agua un refugio contra las llamas. En pocos días, la pequeña bahía donde estaban el terreno de Sebastián y la posada de Richard Howard se habían convertido en una guarida sobrepoblada.

Los cazadores no habían tardado en darse cuenta de que, al menos hasta que las grandes lluvias no comenzaran, el único sitio donde les sería posible matar era la franja de tierra hacia el interior de la bahía y los bajos de la Ensenada. Sebastián, que había decidido hacer todo lo posible por evitar confrontaciones con los cazadores, solía pasear por los senderos que rodeaban sus tierras, para ahuyentar a los animales antes de la llegada de los hombres, que solían venir cuando la luna estaba alta o un poco antes del amanecer. Caminaba dando golpes a los árboles con su bordón y haciendo sonar un silbato, inaudible para las serpientes y los humanos. Sabía que, a pesar de esto, los Cajal habían salido con éxito de varias incursiones en sus tierras. Había encontrado varios troncos de palma podridos —donde se refugian las cotuzas y los tepeizcuintes— cortados con hachas por los cazadores. Esto no le preocupaba. Tepeizcuintes y cotuzas los había quizá demasiados. Pero estaba empeñado en proteger a los felinos, de cuya presencia, después del incendio, podían verse signos frecuentes en su propiedad. Había visto varias veces las pisadas con su contorno circular, sin marcas de uñas. Los primeros días, había hallado excrementos encima de una piedra y sobre el tocón de una palma. «Así hacen —le había dicho Reginaldo— cuando no están en su lugar.» Algunos días más tarde le contó que el Juguete había hallado un «cagadero de tigre» —un agujero escarbado en la tierra y cubierto de hojas muertas— y esto significaba que un macho quería determinar su territorio. Sebastián quería que los animales se sintieran seguros aquí, para que, incluso cuando llegaran las lluvias y pudiesen volver a refugiarse tierra adentro, sintieran que no era necesario partir, que tenían más probabilidades de salvarse si permanecían en sus tierras.

Casi sin darse cuenta, Sebastián comenzó a rehuir el trato con la gente. Vivía más aislado que nunca, y le causaba una extraña satisfacción pensar que su presencia era invisible. El evitar ser visto por la gente de los alrededores llegó a convertirse en una obsesión. Y así, al cabo de unos meses supo por Reginaldo que en Sayaxché y en el Escarbado, y aun en la posada, la gente decía que Sebastián ya no vivía allí.

Los arqueólogos habían vuelto a Punta Caracol. Los mayores, los que ostentaban más títulos y publicaciones, habían sido alojados en las cabañas, y los neófitos, en tiendas de campaña debajo de dos cobertizos de palma. La excepción eran Felix Díez, un joven costarricense, y Antonia, su compañera italiana, quienes vivían apartados del grupo en una choza junto al agua, que en tiempos había servido para alojar a los peones que trabajaron en la construcción de la posada. Richard Howard, que sentía admiración por sus dibujos y réplicas de objetos mayas, le había concedido este privilegio, que permitía a la pareja una intimidad envidiada por los otros, obligados a vivir en comunidad.

Felix era pequeño, rubio y a menudo arisco.

Sus actividades eran solitarias, mientras que los demás arqueólogos solían trabajar en grupo; él vivía a un ritmo distinto del de los otros. Trabajaba de noche, y a veces se acostaba después del amanecer. Trabajar de noche no era un capricho; en realidad, era lo ideal. De día estaban el calor y los mosquitos —el sudor copioso y la intoxicación a fuerza de dosis masivas de repelente, que debían ser aplicadas una y otra vez. De noche, con una linterna de caza alrededor de cuya luz a veces se formaban densos remolinos de pequeños insectos, trabajaba al fresco, envuelto en un manto de sonidos y oscuridad.

Nada había expresado su desaprobación de esta práctica en más de una ocasión.

—¿Por qué no puede tratársele como a los otros? —había dicho una tarde durante el almuerzo, a la mesa con Richard, el doctor Davidson y cuatro arqueólogos más, entre los que estaba Antonia. Lo dijo en voz baja al oído de su esposo, pero Antonia le oyó: le clavó los ojos un instante, y no dijo nada.

—A mí me parece natural —dijo Richard, que estaba prudentemente sentado en la otra punta de la mesa, porque Otto andaba por ahí—. No es como los otros. Además, no molesta a nadie. —Buscó la mirada de Antonia—. Quería hablarle, pero como yo vivo de día es mejor que usted le dé mi recado. —Se sacó de un bolsillo un pequeño aparato negro y lo puso en la mesa frente a Antonia—. Es un contraveneno. Da descargas eléctricas. Felix parece creer que las serpientes no viven de noche, pero es mejor tomar precauciones. Yo llevo uno conmigo todo el tiempo. Dígale que se lo regalo.

—¿Cómo funciona?

—La descarga parece que rompe los vasos capilares.

Antonia tomó el aparato y se aplicó los polos, cromados y fríos, al dorso de la mano. La descarga le hizo exclamar, «*Cazzo!*» y su brazo sufrió una sacudida.

El doctor Davidson le pidió a Richard que le alcanzara la salsa borracha.

—Es como la chiapaneca —explicó Nada—, con un poco de cacao en oro y chile huaque. La diferencia es la base de cerveza.

El doctor untó un poco de salsa en un pedazo de tortilla.

—¿Qué fue de su vecino, al que arrestaron? —preguntó.

—Lo soltaron poco después.

—¿Y cómo es eso? —preguntó con sorpresa el doctor.

—Fue su cocinero el que lo salvó —le dijo Nada—. Declaró que Sebastián había disparado para espantar un venado que llegaba a comer a su frijolar, y parece que encontraron allí unos restos de sangre, aunque tal vez no era de venado. Tono, el hijo de don Lencho, andaba diciendo que todo eso era mentira, que había sido Reginaldo quien disparó para asustar el venado que él hirió, pero claro, no quiso ir a declarar porque no tenía derecho de andar cazando en esa tierra.

—No entiendo nada —dijo el doctor.

—Cuéntale lo del sueño —le dijo Richard a Nada.

Nada se inclinó sobre la mesa.

—Dicen que está medio loco, que deliraba. Tenía una historia acerca de una visita que le hicieron. Su abogado, parece, le aconsejó que se la guardara.

—Él me dijo a mí —dijo Richard sonriendo—
que sólo así podía explicarse lo de esas pruebas.
Pero en fin, pudo mentir. Benigno, ¿lo recuerda,
doctor? El guarda itzá que descubrió aquella vasija en el Duende y no se la quiso robar, no lo
quiere a Sebastián. No lo culpo, si no lo quiere.
Le dio dinero a su mujer, ya sabe quién es ella,
para que lo pudiera abandonar. ¿No había oído
lo de la visita, verdad doctor?

El guacamayo descendió con un ruidoso aleteo sobre la cabeza de Nada. Ella lo tomó con
ambas manos y se lo puso en el regazo. Lo abra-
zó, le sujetó la cabeza suavemente. Le dio tres
besos rápidos en el pico. «¿Quién es tu mamá?»,
le preguntó. Volvió a tomarlo con ambas manos,
y lo lanzó al aire por encima del barandal, más
allá de las pitayas. Lo vieron volar en línea recta
y posarse sobre un papayo.

—A mí, la verdad —dijo Nada—, no me caía
muy bien. Por copión, entre otras cosas. Parece
que ha mandado poner paredes más altas en su
casa, y rejas en sus ventanas. Pero ya no se le ve
por aquí.

—Miren, una serpiente —dijo el doctor, señalando el papayo— allí.

Un taxi destartalado, con agujeros en el suelo
por los que entraba el polvo, llevó a Véronique
dando tumbos durante más de dos horas hasta
Sayaxché. Era mediodía cuando cruzó el río en
un pequeño cayuco de motor. En la playa de guijas blancas y calientes, habló con el mayor de los
hermanos Conusco, quien la llevó en una lanchita de aluminio a Punta Caracol.

Véronique llegó a la posada extenuada por el

viaje bajo el sol de la tarde. Un muchacho, todavía adolescente, bastante alto y con rasgos mayas, la llevó hasta una cabaña elevada del suelo por pilares de madera en un claro entre las palmas y los árboles.

Cenó sola en el comedor abierto, y oyó por primera vez, con sorpresa al principio y con un poco de miedo, los aullidos de los saraguates. Cuando el muchacho, que además de hacer de botones hacía de camarero, le dijo que eran una especie de simios, Véronique, que seguía escuchándolos con atención, se sonrió al pensar que producían esos ruidos con la intención de intimidar. ¿Desde cuándo lo hacían?, se preguntó. Tal vez al principio, en el alba del tiempo, sus rugidos habían surtido efecto; pero ahora, le parecía, gritar así era una práctica ridícula. Sin embargo, más tarde, tendida en su cama con los ojos abiertos, mientras veía a través del cielo raso de tela metálica los destellos de las luciérnagas y oía el vuelo de los murciélagos, los rugidos y aullidos de los simios, que ahora sonaban muy cerca, no la dejaban pensar tranquilamente, y cada vez que comenzaba a hundirse en el sueño le hacían volver a la superficie con sobresalto.

Por la mañana un rayo de sol dividió en dos la habitación y dejó una franja de sombra a los pies de la cama. La luz, reflejada en el agua quieta de la laguna, era como una red vasta que jugaba en el interior del alto techo de palmas y vigas blancas. Véronique quiso recuperar alguna escena de su último sueño, en el que Sebastián había aparecido fugazmente, pero no lo consiguió. Había llovido por la noche, y se oían de vez en cuando las gotas que caían de los árboles al techo de palma.

El comedor estaba desierto. Desde la cocina llegaban voces de hombres y mujeres. Una de las mujeres, la que estaba ostensiblemente al mando, hablaba con un acento que parecía colombiano. Véronique se sentó a la misma mesa de ayer, en cuyo centro había una orquídea blanca en un vasito de cerámica esmaltada. El reflejo de los mangles a la orilla del agua, que no se movía, confundió la mirada de Véronique; el paisaje cambió bruscamente cuando se dio cuenta de que lo que había estado observando era el reflejo de los árboles y no los árboles reales.

—¿Oyó la tormenta de anoche? —le preguntó Wilfredo cuando le trajo el café.

—No oí nada.

Wilfredo se sonrió y regresó a la cocina. No fue él quien trajo el plato de frutas y las tostadas, sino una mujer joven, de piel morena, robusta: era Nada.

—El hotel es maravilloso —le dijo Véronique.

—¿Tú a qué te dedicas?

—A nada.

—Espero que no te molesten los arqueólogos, que acaban de comenzar a trabajar.

—¿En qué?

—En esto —dijo, y miró a su alrededor—. Punta Caracol era un centro de comercio maya.

—Tengo un amigo que vive por aquí —le dijo Véronique a Nada—. Fue él quien me recomendó el hotel. Sebastián Sosa, ¿lo conoces?

La expresión en la cara de Nada había pasado de la sorpresa a la incomodidad, casi al enojo.

—Lo conozco, sí.

—Su casa, ¿queda por aquí?

—Si no la ha vendido. Hace meses que no lo

veo. Las malas lenguas dicen que ha estado enfermo.

—¿Enfermo?

—Sí —dijo Nada, y Véronique vio en sus ojos un brillo malicioso—. Enfermo de la cabeza.

Véronique se rió, una risa corta, nerviosa.

—¿Es posible? —dijo.

—Son sólo rumores —agregó Nada con cautela—. Lo cierto es que ha tenido problemas con la gente de aquí. Se metió con la mujer de uno. ¿Eres muy amiga de él?

—No. Lo conozco apenas, en realidad.

Nada parecía aliviada.

—Bueno —dijo, y se puso de pie—. Te dejo.

—¿Dónde queda su casa? —le preguntó Véronique—. Me habló mucho de ella. Me gustaría verla, aunque él no esté.

Nada miró hacia la laguna, y ahora no había ninguna expresión en su cara.

—Está en la otra punta de la bahía. Si quieres ir, Wilfredo puede llevarte en uno de los cayucos, más tarde, cuando termine lo que tiene que hacer aquí.

Véronique sintió una ligera nostalgia al pensar que no vería a Sebastián. No lo conocía bien, era cierto, pero durante su viaje por las ciudades del sur se había permitido pensar con ilusión en visitarle en su refugio en medio de la selva. El sitio era casi cual él lo había descrito, menos hostil de lo que Véronique había imaginado. «Lástima que no volveré a verlo», pensó.

—Cuidado —le dijo Wilfredo, que ya estaba en el cayuco—, es muy celoso. Tantito que se mueva, da vuelta.

—Y yo no sé nadar. ¿Adónde vamos?

—Allá —dijo Wilfredo, y señaló la punta del

otro lado de la bahía, donde los árboles eran más altos.

Dos veces, cuando se inclinó para ver una tortuga que flotaba sobre un tronco y cuando quiso cambiar de posición para componerse la falda, la embarcación se ladeó peligrosamente y un poco de agua entró por la borda. Sin embargo, cuando ya iban a media bahía, Wilfredo se puso de pie para remar.

—Así uno hace menos fuerzas —le dijo—. Con un poco de práctica, usted puede hacer lo mismo. La cosa es aprender a echar el peso donde se debe, en el buen momento, y después uno puede hacer lo que quiera.

Véronique metió cautelosamente una mano en el agua color óxido, se refrescó la cara, los hombros. El sol ya estaba alto y absorbía los colores del paisaje, que se disipaban en una bruma tenue y luminosa.

Cuando se acercaron a la empinada orilla de tierra y de piedras cubiertas de musgo, de la que surgían aquí y allá las raíces de los árboles, un perro comenzó a ladrar. Wilfredo llamó:

—¡Don Reginaldo!

El perro, que seguía ladrando, bajó corriendo por la escalera labrada en las raíces y la tierra. Un mulato de torso musculoso apareció en lo alto. «Cállese, Juguete», dijo, y bajó algunos escalones.

—Buenos días, Wilfredo, ¿en qué te puedo servir?

Véronique se agarró de una rama de mangle y saltó a tierra. El mulato la miraba con ojos alegres, y se sintió intimidada. Bajó los párpados y vio las raíces gruesas como trompas de elefantes que se hundían en la tierra arcillosa junto a sus pies. El perro había dejado de ladrar, la husmeaba. Véronique le dijo a Reginaldo que buscaba a Sebastián.

—Me invitó a venir hace algunos meses. Me han dicho que ya no vive aquí, pero me gustaría ver la casa.

Reginaldo se rascó la cabeza antes de contestar.

—Se la enseñaré con mucho gusto, señorita, pero ahora mismo iba a salir.

Por la tarde Véronique, que había pasado un buen rato aprendiendo a remar, volvió sola al terreno de Sebastián.

—Don Sebastián está esperándola —le dijo Reginaldo, mientras el Juguete le lamía los pies a Véronique por entre los lazos de sus sandalias—. Quieto, Juguete.

—¿Don Sebastián? —exclamó Véronique; la sorpresa, en lugar de alegrarla, la había asustado.

Reginaldo la condujo por un sendero de grava blanca por donde pasaban filas de hormigas que cargaban hojas enteras, a través de la selva húmeda hasta un pequeño claro, donde estaba la casa de techo circular como sombrero de hongo que se tostaba al sol.

—Cuidado dónde pone los pies —le advirtió Reginaldo cuando salieron de la penumbra bajo los árboles a la luz de la tarde—. Comienza el tiempo de las culebras, y andan buscando el sol.

Al pie de la escalera que subía a la casa, el mulato llamó:

—¡Don Sebastián! La señorita está aquí.

Sebastián salió al corredor. Tenía el pelo largo y estaba pálido.

—¡Qué sorpresa! —exclamó.

Después de mostrarle la casa y explicarle que

recientemente había hecho varios cambios, como el poner rejas en las ventanas del dormitorio y un sistema de alarmas, la invitó a sentarse en un rincón donde había una alfombra de corteza de palma rodeada de almohadones.

—No tienes color en la cara —le dijo Véronique.

—Salgo poco al sol —contestó.

Un momento después, Véronique se sintió obligada a decir algo.

—Es en verdad precioso este lugar. Comprendo que quieras vivir aquí. ¡Estoy impresionada!

—¿En serio? Pues me alegro. —Sebastián irguió la cabeza y luego se inclinó hacia Véronique—. Aunque no es el paraíso, tiene algo que no he experimentado en ningún otro lugar.

—Me han dicho que has tenido problemas con la gente de los alrededores.

—Es verdad. Casi todos son cazadores. No les dejo cazar en mis tierras.

—¿Y por qué las rejas y las alarmas?

—Alguien se metió una noche mientras yo dormía.

—¿Y para qué?

Sebastián hizo una mueca vaga y sacudió la cabeza. Dijo:

—No sé. Tal vez sólo para asustarme. Es algo de lo que no me gusta hablar.

Véronique lo miró con desagrado y se puso dc pie. Se acercó a una de las ventanas sin rejas y se quedó mirando el agua por entre los troncos de los árboles. Atardecía, y en la laguna, más allá de una armonía de verdes y grises, estaban los colores del cielo con pequeñas lenguas doradas. Sebastián se volvió en los cojines para decirle a Véronique:

—Todo es demasiado complicado. Ni yo sé con seguridad lo que pasó.

Véronique volvió a sentarse en los almohadones frente a Sebastián.

—Si quieres explicármelo, te escucho —le dijo.

Reginaldo llegó un poco más tarde con una bandeja, y bebieron té.

—Si has venido remando —le dijo Sebastián a Véronique—, deberías pensar en volver. Se hace de noche de un momento a otro.

—No tengo ganas de volver.

—¿No? ¡Pues quédate aquí! Hay lugar de sobra. Yo dormiré aquí. Tú puedes encerrarte en mi cuarto.

Como Véronique no decía nada, Sebastián continuó:

—Reginaldo irá por tus cosas a la posada. Les dirá que yo no estoy aquí, que te quedas sola.

Véronique agradeció la invitación.

—Pero ya he pagado —dijo—. Y el precio incluye una excursión al Duende. Me gustaría ir.

—Puedes ir. Wilfredo te llevará por la mañana a la posada, y más tarde si quieres vuelves aquí.

—Deja que lo piense un momento.

Terminaron de beber el té, y Véronique decidió quedarse. Reginaldo fue a recoger las tazas vacías, y un poco más tarde Véronique y Sebastián le vieron pasar detrás de la cortina de árboles en la lanchita de aluminio, remolcando el cayuco de la posada. Cuando volvió con las maletas de Véronique, ya estaba oscuro. Sebastián encendió dos lámparas de alcohol, y bajaron a cenar en el ranchón de la cocina.

Era una noche caliente, sin brisa. Sebastián metió la mosquitera debajo del colchón al pie de la cama que le había preparado a Véronique.

—Si te levantas —le dijo— no te olvides de quitar la alarma. —Señaló un interruptor y cerró la puerta.

Véronique había apagado su luz, y unos minutos más tarde Sebastián se puso alrededor del cuello la cadena con su silbato, tomó su bordón y salió de la casa. Se fue despacio por el sendero, sin encender la linterna porque la luna, que menguaba, daba todavía bastante luz. Aun bajo los árboles, podía ver el camino; en las zonas más oscuras, bajo los corozales, había una especie de hongos con una tenue fosforescencia. Sebastián no golpeaba los árboles con el bordón ni hacía sonar el silbato. Quería andar un rato en silencio, con la esperanza de ver algún animal. Sabía que en una vuelta del sendero podía aguardarle una sorpresa, quizá desagradable, pero su deseo era más grande que su miedo.

Llegó hasta el límite del terreno, al borde del canal. De la parte más alta del ribazo llegaban de vez en cuando los graznidos de los malaches, y el incesante ruido de ranas y sapos estaba en todas partes. Se quedó junto al canal, que estaba casi vacío, mirando el agua oscura de la laguna, la islita cubierta de mangles a pocos metros de la orilla, y el cielo estrellado. Un pájaro echó a volar ruidosamente, los micos agitaban las ramas y gritaban como suelen hacerlo cuando el peligro viene dc abajo y no de arriba.

«Bre ke ke kek», hizo una rana, y otra contestó desde lo alto con un «pink pink» metálico.

Aquella noche Felix, al terminar su trabajo —el bajorrelieve de un dintel que había reproducido en una especie de cartón piedra elaborado con las raíces de un arbusto palustre y una mezcla de yeso— se había dirigido al canal maya más allá del lindero del terreno de la posada, por el sendero entre las sombras y la luz de la luna que caía desde lo alto de los grandes árboles. Una línea de agua brillaba en el fondo del zanjón de piedra, y del otro lado estaba de espaldas un hombre que miraba hacia la laguna. De pronto el hombre se volvió, y encontró la mirada de Felix. Cambiaron algunas palabras con resonancias teatrales. Felix bajó al fondo del canal y subió al otro lado.

Había oído hablar de Sebastián. Sabía que no frecuentaba a nadie, que vivía más o menos escondido, que tenía un criado que le era escrupulosamente fiel.

—¿Te importa si paseo por tu terreno? —le preguntó; le dijo su nombre, y le dio la mano.

—Vamos por aquí —dijo después Sebastián, y comenzaron a caminar hacia su casa.

Pasaban junto a unas familias de hongos fosforescentes, y se detuvieron un momento a escuchar los *brek ek ek eks* y los *br weum br weums* de las ranas.

—Muy fin de siglo —dijo Felix.

En la cocina de Sebastián, a la luz de una candela, siguieron conversando, mientras los insectos se inmolaban en la llama. Sebastián le contó a Felix cómo había venido a vivir a la laguna, le habló de su discordia con los cazadores, y Felix simpatizó con él.

—Lo que le hace falta a tu terreno es una tumba maya —dijo Felix.

—¿Qué quieres decir? —preguntó Sebastián, divertido e intrigado.

Felix se puso de pie.

—Nada. Nada. —Sacudió la cabeza—. Pero nadie caza en la tierra de Howard.

Véronique estaba despierta cuando Sebastián regresó a la casa. Lo llamó desde el cuarto.

—Si quieres que entre —le dijo Sebastián con la cara muy cerca de la puerta—, oprime el botón para apagar la alarma.

—No —contestó Véronique—. Es que me asustaste. No sabía si eras tú.

—Fui a dar una vuelta.

—¿A estas horas? Son las cuatro.

—¿Has estado despierta mucho tiempo?

—No.

Sebastián se alejó de la puerta y fue a sentarse entre los almohadones. En vez de colocar la mosquitera, se untó la cara y los brazos con una crema repelente. Se echó encima una manta de algodón y le dijo a Véronique:

—Espero que puedas volver a dormirte.

Como si las palabras de Sebastián hubiesen tenido un efecto opuesto al deseo que expresaban, ella no podía dormirse. Se preguntaba si el poderoso ruido que llenaba la noche era producido solamente por las ranas y los insectos. «*Br weum br weum br weum*», se oía —una llamada profunda y quejumbrosa—; y: «*Cok cok cok cok cok*», cinco veces en menos de un segundo. Pero el sonido más estridente era un rápido «*krak krak*», una nota tan alta y seca que hacía pensar que el órgano que la producía iba a romperse de tanta tensión.

Sintió por Sebastián una desconfianza instintiva. ¿Por qué se había dejado atraer hasta aquí?

Ahora estaba a su merced, y lo resentía. Poco a poco, las voces se habían ido callando allí fuera, comenzaban a oírse los gritos claros de los pájaros y Véronique supo que pronto amanecería.

Cuando desayunaban con Reginaldo en la cocina, Véronique le preguntó a Sebastián:

—¿Paseas siempre por las noches?

—Sí.

—¿Por qué?

—Para asustar a los animales.

Véronique se rió.

—Eso sí que está bien —dijo, y se puso seria.

Reginaldo había bajado a la orilla para limpiar la lancha, porque durante la noche se había llenado de hojas muertas. Cuando hubo terminado, subió a preguntarle a Véronique si quería ir a Punta Caracol.

En la posada, Nada recibió a Véronique muy cordialmente.

—¿Se duerme mejor allá? —le preguntó.

«Sabe que hay alguien en la casa —pensó Véronique—. Sabe que está Sebastián.»

—No —dijo—. El ruido es igual.

La excursión al Duende la deprimió —no sólo el calor húmedo, pegajoso, y las nubes de mosquitos que no dejaban de hostigarla, sino también el aspecto militar de la antigua ciudad que dominaba la laguna desde lo alto de una escarpa natural. Los frisos de la plaza principal con sus hileras de cráneos labrados en la piedra musgosa, la estela con el gobernante que mostraba un pene mutilado y un jaguar que sangraba por la nariz, aun el guarda de cara redonda y ojos rasgados que le explicó que los mayas creían en la telepatía, todo le había parecido demasiado chocante y amenazador. Ahora que navegaba de vuelta a la posada por el angosto arroyo entre las zarzas marchitas, la brisa le hizo sentirse un poco mejor. El ronroneo del pequeño motor tenía una cualidad infantil, y los recodos del arroyo, tan cerrados que casi formaban círculos, causaban una curiosa sensación de intimidad.

En la playa de la posada, Nada discutía con dos hombres, ambos vestidos de negro. Uno de ellos tenía un costal a sus pies, con algo que se movía dentro.

—¡Pero ustedes mataron a la madre! —gritaba Nada.

Wilfredo varó la lanchita y Véronique saltó a tierra. El hombre del costal se inclinó, como para saludarla, y entonces Véronique vio que tenía un fusil colgado al hombro.

Nada había sacado tres gatitos del costal, y trataba de sacar el cuarto, que se negaba a salir. De pronto, dando un gruñido, saltó fuera. Echó a correr playa arriba hacia unas matas. El cazador puso su fusil en el suelo, tomó el costal, dio cuatro o cinco zancadas, y lanzó el costal sobre el cachorro. Lo levantó, tomándolo por el cogote, y volvió para entregárselo a Nada.

Nada le acarició la cabeza al gatito, que cerró los ojos. Producía un fuerte ronroneo, como un pequeño motor.

—Quiero venderlos, doña Nada —dijo el hombre—. Se van a morir.

—Pues que se mueran. Ojalá hubiera alguna forma de hacértelo pagar. Si sirviera de algo, te denunciaba.

El cazador miraba al suelo.

—Lleva a doña Véronique a su casa —le dijo Nada a Wilfredo, y sin decir más se alejó hacia el comedor y siguió por el andén de madera que se perdía bajo la sombra de los árboles.

—Voy a traer más gasolina, doña Véronique —dijo Wilfredo.

Véronique estaba acuclillada, y se dejaba lamer los dedos de la mano por uno de los cachorros.

—No tengo prisa —dijo—. Qué animalitos más lindos.

—Si quiere, señorita —le dijo el cazador en un tono muy formal—, la llevamos nosotros a su casa. —Se arrodilló sobre las piedras frente a Véronique y comenzó a meter los gatitos en el costal. El otro cazador ya estaba en el cayuco, un cayuco tres veces más largo que el de la posada.

—Gracias —dijo Véronique—. Está bien. Voy con ustedes. —Se volvió a Wilfredo—: Ya estoy harta del ruido de ese motor.

El cazador se había sentado en la punta del cayuco, mirando a Véronique.

—Me llamo Roberto —le dijo. Tenía su fusil atravesado sobre los bordes del cayuco, y dejaba que su compañero hiciera todo el trabajo. Éste remaba a un ritmo constante, hundiendo el remo sin hacer ruido en el agua. Roberto sacó del costal uno de los cachorros.

—Éste es el más malo —dijo—. Señorita, mírelo. ¿No le gusta? Vale cien quetzales.

—Es un encanto. —Véronique le tocó suavemente las orejas redondeadas, afelpadas y casi traslúcidas—. ¡Es tan delicado!

El pequeño margay la miraba con sus ojos enormes de noctámbulo; los entrecerraba de tiempo en tiempo con un aire de hipocresía y de dignidad.

—¿Qué comen? —quiso saber Véronique.

—Animalitos. —Roberto sonreía grotescamente—. Cazan de noche, en las ramas de los árboles.

—No voy a poder resistirme —dijo Véronique—. Voy a comprárselo.

Llegaron a la orilla; no estaba la lancha de Reginaldo, y el Juguete no ladró. Roberto preguntó en voz baja:

—¿No está el don?

—¿El don?

—Sebastián.

—No.

—¿Está sola?

—Sí.

Roberto saltó a tierra y ayudó a Véronique a bajar del cayuco.

—El señor de aquí no me quiere —dijo—, porque soy cazador.

El otro cazador mantenía el cayuco en su lugar apoyando el remo en el horcón de un mangle. Véronique sacó de su monedero un billete de cien quetzales doblado en tres. Lo extendió y se lo dio a Roberto.

—Es el destino —continuó Roberto—. El lugar de cada quien en el mundo. Yo soy como ese gatito. Mientras más y mejor pueda matar, mejor vivirá. ¿Qué se le puede hacer? ¿Qué cree usted? ¿Que soy un pobre tipo? Pues no. Aunque no tengo mucho dinero, vivo bien. Pero eso no basta. Quiero tener hijos, y algo hay que dejarles. Mientras haya animales en la selva, yo seré cazador. Este señor no entiende. Él debería ponerse a pelear con los finqueros, que son los que arrasan con los árboles para hacer sus potreros, o con los militares, que por achicharrar a dos subversivos queman no sé cuántas caballerías de selva. Pero en vez de eso se mete con nosotros, que queremos a los animales tal vez más que él.

—Supongo que tienes razón —le dijo Véronique en voz baja.

—¡Yo sabía que usted era inteligente! —exclamó Roberto. Miró a su alrededor—. Es muy bonito este lugar. ¿Y cuánto tiempo piensa quedarse?

—Todavía no lo sé.

—Cuidado se enamora —le dijo él— y ya no se puede ir.

Al entrar en la casa, Véronique vio a Sebastián que dormía en la hamaca. Su postura —con la cabeza que colgaba por un lado y un brazo por el otro en ademán de abandono— parecía más bien incómoda. Dejó el cachorro en el suelo, y éste corrió hacia un rincón para subir al baúl lleno de libros y trepar por el tabique de madera, por la tela metálica de la ventana y finalmente por uno de los pilares de los que colgaba la hamaca, hasta el horcón más alto, donde se quedó agazapado. Véronique se tendió sobre los almohadones en el otro extremo de la habitación.

El cachorro descendió sigilosamente por el lazo de la hamaca, como un experto equilibrista, y de pronto saltó sobre la cabeza de Sebastián.

Sebastián se sentó en la hamaca.

—Disculpa —le dijo Véronique.

—No importa. De dónde lo sacaste.

La cabeza del cachorro era cuneiforme y armoniosa como la de un leoncito, y sus ojos saltones despedían oscuros destellos verdes. Sebastián le tomó una pata, peluda, oval, y lo forzó a estirarla para que extrajera sus pequeñas garras de cazador.

—¿De dónde lo sacaste? —insistió, con un tono de incriminación.

Véronique, en actitud arisca, se encogió de hombros, y no respondió. Tomó al cachorro y se alejó unos pasos.

—Me lo regalaron —dijo finalmente, y le dio un beso al cachorro en la cabeza. El cachorro dio un bufido, se revolvió entre los brazos de Véronique.

—Déjalo —le dijo Sebastián, y volvió a tenderse en la hamaca con una sonrisa—. No es un gato.

Véronique lo dejó caer al suelo, porque la había arañado. El cachorro corrió hacia el baúl de los libros y volvió a trepar hasta el horcón más alto de la habitación. Allí se quedó agazapado, mirando fijamente, ahora a Véronique, ahora a Sebastián. Véronique se sonrió.

—Es un poco excéntrico —dijo.

—¿Quién te lo regaló? —le preguntó Sebastián en tono amistoso pero con una nota falsa.

—Un cazador —respondió Véronique—. Se llama Roberto. Es joven y guapo.

—¡Pero Véronique! —Sebastián dejó caer las piernas de la hamaca y se puso bruscamente de pie—. Sabes que... Te lo expliqué. Somos enemigos.

—Sí —dijo Véronique sin perder la calma—. Pero tú no le caes tan mal. No le gusta que le compliques la existencia, nada más. Él también quiere a los animales.

—Ya, ya. ¿Le dijiste que estoy aquí?

—Me lo preguntó. Le dije que estaba sola.

—Gracias —dijo él, y sacó el aire de los pulmones—. Olvídalo. —Alzó los ojos para mirar al margay, que seguía observando lo que ocurría en

86

el cuarto—. Habrá que buscarle algo de comer.

—¿No es problema?

Sebastián fue a pararse directamente debajo del horcón donde estaba el cachorro, y un momento más tarde éste se dejó caer sobre su cabeza.

—Vamos a buscarle un sitio oscuro para que pase el día, y a la noche lo traeremos aquí.

Felix fue despertado más temprano que de costumbre por una familia de saraguates que se habían puesto a gritar en un árbol muy cerca de su choza. Había trabajado mucho la noche anterior, y no tenía nada que hacer hasta el día siguiente, cuando los arqueólogos le traerían una nueva serie de objetos para dibujar o reproducir. Antonia le había comprado hacía poco una lanchita de aluminio a un comerciante del Escarbado, para no depender de Nada cuando tenía que ir de compras, y Felix decidió tomarla para visitar las cuevas del Duende. Llenó de agua con limón una vieja cantimplora, tomó un pequeño machete que colgaba de un clavo sobre su catre, y se puso al cinto una linterna y el contraveneno eléctrico que Richard le había regalado.

—Yo tengo mucho que hacer. Diviértete —le dijo Antonia.

Apagó el motor, y con el remo impulsó la embarcación para vararla en el fango junto a los mangles al pie de la escarpa cubierta de árboles. En una pequeña meseta en el costado de la escarpa había un huerto de naranjos y limones y una choza de caña, donde vivía el guarda, Benigno Semprún.

—Me acuerdo de usted —le dijo Benigno a

Felix, y se dieron la mano. Tenía los ojos entrecerrados, para protegerlos del sol—. ¿Viene a dibujar las estelas?

—No. Quería conocer la cueva donde nace el arroyo. ¿Se puede ir a pie?

—Se puede. Si quiere lo acompaño.

Benigno entró en su choza, y salió un momento más tarde con un machete largo como un sable y un sombrero de paja de ala ancha. Atravesaron la meseta y bajaron por el otro lado de la escarpa. Anduvieron durante más de una hora por una selva de pequeñas palmas. Aquí, los matapalos eran delgados, semejantes a los troncos que abrazaban. Las lianas, en cambio, eran prósperas, masivas; subían y bajaban, hacían roscas y enredos monstruosos, o se entrelazaban armoniosamente unas con otras, y se arrastraban por el suelo como las serpientes. La selva terminaba bruscamente en un cerco de alambre de púas; más allá, en un potrero donde crecía una ceiba que parecía que no proyectaba sombra, pastaba un hato de cebúes acartonados y blancos. Atravesaron el potrero hasta la hilera de árboles que ocultaban el arroyo, y siguieron bajo la sombra hasta una colina yerma, donde el agua brotaba de la boca rasgada de una pequeña caverna.

Benigno se arrodilló en las piedras verdes junto al agua para beber. Hundió la mano en el agua cristalina y se mojó la cabeza. Fue entonces cuando Felix vio la serpiente, que tenía la mitad del cuerpo en el agua. Era negra y gruesa como un bastón. Sus colmillos despidieron una luz amarillenta. Benigno retiraba la mano cuando la serpiente se la mordió.

—Mátela —le dijo Benigno a Felix. Se apretaba la muñeca y miraba a la serpiente, que se escurría entre las piedras hacia la caverna—. Tome mi machete, es más largo que el de usted.

En la mano de Benigno, en la base del pulgar, había dos puntos de sangre. Felix lo observaba con una especie de avidez. Se arrodilló junto a él pero no tomó su machete. Benigno respiraba rápido, y miraba fijamente las piedras entre las que había desaparecido la serpiente.

—Hay que matarla —insistió, pero fue como si dijera: hubiera habido que matarla. Si hubiese estado solo, quizá habría ido tras ella, para cortarle la cabeza y luego hincar los dientes en su cuerpo. Era parte del ritual, antes de buscar las yerbas para masticar y hacer el emplasto que podría salvarle la vida. Pero Felix le sujetaba la muñeca con una mano, mientras que con la otra tomaba del cinto el contraveneno eléctrico.

—Le voy a dar unos toques —le dijo—. No se vaya a asustar.

Aplicó los polos de descarga cinco veces alrededor de la mordedura, y el brazo de Benigno sufrió cinco sacudidas. Luego arrancó el barbiquejo del sombrero de Benigno para hacerle un torniquete. Benigno, que había cerrado los ojos, tenía en la cara una expresión de mal humor. «No la vi. Ya no veo bien», repetía en voz baja. Su mano estaba hinchada, la piel tensa era amarilla.

—Voy a buscar unas yerbas —dijo después.

—No le conviene moverse —le dijo Felix.

Benigno se puso de pie, lentamente, y fue hasta unos arbustos al lado de la cueva. Se agachó para arrancar un puñado de yerbas al pie de los arbustos, y se las echó a la boca. Felix lo siguió, y tomó una hojita —parecida a la hierba carmín— y después de estrujarla se la puso en la lengua. Escupió, pero en su boca quedó un sabor amargo.

Benigno se había sentado a la sombra de las rocas. Se sacó de la boca una bola roja y pastosa.

—Vamos a ver qué pasa —dijo.

No se oía más que el murmullo del agua.

—¿No quiere tratar de salir? Podrían curarlo en Sayaxché. Yo puedo cargarlo —dijo Felix.

Benigno se rió.

—Soy más grande que usted —dijo.

—Soy bastante fuerte —dijo Felix.

—Aquí estoy bien. Si su aparato funciona y las yerbas me ayudan me puedo salvar. Y si voy a morirme, prefiero que sea aquí y no en Sayaxché. —Cerró los ojos. Ahora respiraba despacio, regularmente.

Emprendieron el camino de regreso unas tres horas más tarde. Benigno andaba muy despacio, y parecía fatigado, pero estaba contento, orgulloso de su resistencia y de su suerte.

—El aparato ayudó —dijo cuando llegaron a su choza y se sentaron cerca del fogón bajo el techo ennegrecido por el humo. Puso una jarrilla llena de agua sobre las brasas moribundas y las sopló con la boca. Después de preparar el café, se tendió en una hamaca vieja y remendada.

—Me ha salvado la vida —le dijo a Felix, y volvió la cabeza lentamente, buscando su mirada—. ¿Cómo se lo puedo pagar?

—No sé —contestó Felix sin sonreír.

Parecían dos hombres a punto de concluir un negocio.

—Pero voy a pagárselo —prosiguió Benigno en un tono grave—. Aunque no sea con dinero.

Felix bebió un poco de café. Era débil y dulce.

Benigno se puso de pie, fue hasta su camastro, y se arrodilló para sacar un bulto envuelto en plástico y en varias hojas de periódico. Lo puso sobre la mesa frente a Felix.

Felix tomó el bulto y deshizo el envoltorio.

—Venderlas es ilegal, y para mí nada vale el riesgo de ir a parar a la cárcel. Les he dado otras a los arqueólogos, pero ni siquiera han escrito en sus libros quién las encontró —dijo Benigno.

Era una vasija maya policromada, cilíndrica, más alta que ancha.

—Un tesoro —dijo Felix.

—Es para usted.

Véronique y Sebastián habían ido a pasear por el sendero que atravesaba el terreno. A menudo Véronique se detenía para admirar un árbol gigante, un cedro rojo cargado de lianas que subían y bajaban serpenteando, ya buscando la luz, ya huyendo de ella, o un pucté moribundo, rebozante de orugas y de orquídeas, o un canelo asfixiado por un matapalo y que, tumbado entre sus compañeros que parecían sostenerlo con sus tentáculos para que no tocase el suelo, era como una andrajosa, desmedida *pietà*.

Bajaron por el sendero de grava hasta el agua, donde había una playa de guijas en un claro entre los mangles. Sebastián logró animar a Véronique a meterse en el agua. Hizo que se extendiera de espaldas a flor de agua, sosteniéndola con los brazos. Le enseñó a flotar.

—Si te quedas algunos días, aprenderás a nadar.

—¿Dónde está Reginaldo? —preguntó Véronique, y su vientre se hundió en el agua.

—Tiene una semana de descanso —le dijo Sebastián, mientras se espantaba un tábano.

Véronique lo miró con desconfianza. «¿Quién cree que soy?», pensó. Y luego se sonrió al preguntarse a sí misma: ¿Quién soy?

Al salir a la orilla, Véronique, actuando como por impulso, le había echado los brazos al cuello y le había besado los labios. Luego, confundida por su conducta, se había separado bruscamente y había corrido hacia la casa, mientras Sebastián se metía de nuevo en el agua y se hundía buscando lo más fresco.

Cuando hacían sobremesa después de almorzar, oyeron que alguien llamaba desde la orilla:

—¡Doña Verónica!

Era Roberto. Con una mirada, Véronique le preguntó a Sebastián: «¿Qué hacer?» Sebastián se puso de pie. «Ve a ver», dijo por lo bajo, y salió de la cocina para meterse en la choza de cañas donde dormía el margay. Dentro estaba oscuro, y las agujas de luz que penetraban por las rendijas entre las cañas, en vez de alumbrar, parecía que hacían más negra la oscuridad. El ojo de Sebastián fue atraído por una de las agujas, y, como ensartándose en la luz, Sebastián miró fuera.

Poca cosa lo separaba del exterior. Las cañas dejaban pasar los gritos de los pájaros, el murmullo de la brisa en las ramas y en las hojas secas y negras de los bananos. Roberto estaba frente a Véronique bajo el alero de la cocina. Su pelo negro y mojado dejaba ver los surcos del peine, y su cara tersa parecía recién afeitada. Vestía una camisa blanca y los pantalones negros de siempre, sólo que planchados, y en la mano tenía un ramillete de flores.

—Pensé que le gustarían.

Sebastián respiraba despacio, y apartó la mirada para hundirla un momento en la oscuridad. Fuera, los dos seguían hablando. Véronique no aceptaba las flores, y Roberto insistía en saber por qué. Véronique le decía que eran preciosas —«Ésta, sobre todo»— pero que no las podía aceptar. Lo invitó a beber algo, y Sebastián, que había puesto de nuevo el ojo en la aguja de luz, los vio que entraban en la cocina. Todavía podía oír sus voces.

—Y el cachorro, ¿qué va ha hacer con él?

—Voy a llevármelo a París —anunció Véronique.

—Pobre animal —dijo Roberto.

—Sí. Le haré quitar las uñas.

Sebastián dejó de escuchar. Ahora oía el ronronear del joven margay, y podía adivinarlo acurrucado en un horcón. «Nunca irás a Europa», dijo. Pensó en salir y decirle a Roberto que se largara. ¿No era eso lo que esperaba la mujer?

Oyó risas, y a Véronique que gritaba:

—¡No! ¡Roberto! —y más risas entremezcladas—. Suelta, no quiero tus flores.

Era un juego. Sebastián podía ver las dos figuras, dos siluetas, a través de los tabiques de caña; avanzaban y retrocedían.

—¡No, ya está bien! —gritó Véronique, y salió de la cocina. Tenía una flor en el pecho. Se la quitó y la tiró al suelo.

Sebastián fue hasta la puerta de la choza y la entreabrió. Roberto había salido de la cocina y estaba frente a Véronique bajo el sol.

—Bueno, doña Verónica, ya me voy.

—Hasta luego.

Desapareció al bajar por el ribazo. Desde la orilla subió su voz:

—¿Puedo volver otro día?

—Pasa cuando quieras. Pero no me traigas más regalos. —Véronique recogió la orquídea y se volvió hacia donde estaba Sebastián; estaba sonrosada.

—Qué cara tienes —le dijo cuando Roberto se hubo alejado.

—¿Cara de qué? —dijo Sebastián.

—No sé. Oscura. ¿Estás enojado?

—Por qué.

—Pareces estarlo.

—Olvídalo.

Véronique entró en la cocina y puso su flor en un vaso de agua.

—No me hace mucha gracia tu amistad con Roberto —le dijo Sebastián desde la puerta—. ¿No lo comprendes?

—Sí. Lo comprendo muy bien. He decidido mudarme al hotel. ¿Podrías llevarme?

—Si es lo que quieres...

«Sí —pensó Véronique—, eso es lo que quiero.» Le parecía haber visto, debajo de la tranquila superficie de los modales de Sebastián, algo turbio, violento: el oscuro color de los tiranos.

Mientras terminaba de hacer sus maletas, Sebastián intentó disuadirla de llevarse el cachorro. Estaba de pie frente a ella, al lado de la hamaca. Véronique le volvió la espalda.

—No me digas lo que tengo que hacer.

El cielo, hasta el horizonte, estaba cubierto de nubes bajas y oscuras. De vez en cuando soplaba una ráfaga de viento con olor a lluvia. Antes de subir al cayuco, Sebastián cubrió con un poncho de caucho los bolsos de Véronique y la caja de cartón donde habían metido al margay, que arañaba desde dentro y no dejaba de maullar.

—Vamos.

Véronique remaba en la punta; lo hacía concienzudamente, una palada a la derecha, una a la izquierda, sin perder el tiempo. Cuando ya iban a mitad de la bahía, sin embargo, comenzó a cansarse, y de vez en cuando su remo chocaba contra el costado del cayuco. En una ocasión, el remo se le escapó de las manos, y tuvo que inclinarse bruscamente hacia un lado para recuperarlo. El cayuco se ladeó, y fue en ese momento cuando Sebastián decidió lo que tenía que hacer.

En vez de compensar el movimiento, inclinándose hacia la izquierda, lo siguió, echando el cuerpo a la derecha, y el agua entró de golpe en el cayuco. El cayuco dejó de desplazarse, empezó a hundirse. Ya tenían el agua en la cintura, y la falda amarilla de Véronique se abombó en la superficie. Sebastián se echó al agua, y el cayuco dio la voltereta.

—Agárrate del cayuco —le dijo a Véronique, y se rió al ver su expresión asustada. Se volvió para mirar los bultos, que se hundían lentamente—: Creo que a todo eso tendrás que decirle adiós. El agua es muy profunda aquí.

De la caja de cartón, que flotaba todavía, llegaban los ásperos maullidos del margay.

—Salva al cachorro. —Véronique se había aferrado a la punta del cayuco.

Sebastián miró la caja, que flotaba en el agua pardusca. Gruesas gotas de lluvia comenzaban a caer ruidosamente.

—¡Sálvalo! —gritó Véronique.

—Si no insistes en llevártelo.

—Eres increíble. No insisto. ¡Sálvalo!

—Tranquilízate —le dijo Sebastián, y fue por la caja.

Bajo la lluvia oblicua, Sebastián nadaba sin hundir la cabeza, donde llevaba el margay que temblaba y daba de maullidos, empujando hacia la orilla el cayuco panza arriba con Véronique agarrada a la punta. «Malditos cazadores», pensaba.

Dos o tres semanas más tarde Felix fue a visitar por segunda vez a Sebastián. Era de noche y llovía ruidosamente, con viento. Hilillos de agua bajaban por los gruesos troncos de los árboles, y el sendero estaba alfombrado con flores caídas violetas y blancas. Felix se cambió de brazo el bulto en el que llevaba la vasija y sacudió el agua de lluvia de su sombrero de paja. Sebastián lo invitó a sentarse en el corredor, cerca de un brasero donde ardía el copal. El viento hacía sonar las palmas del techo, y el agua de lluvia goteaba desde el alto toldo de los árboles.

—Es una buena pieza —le dijo a Sebastián, y puso la vasija sobre la mesa baja del corredor, donde ardía una candela—. Me gustaría saber qué dice Davidson si un día llega a sus manos. ¿No hay cavernas en la Ensenada?

—Sí —dijo Sebastián—. Las hay.

Cuando Felix volvió a dejarlo solo, Sebastián se quedó un rato mirando la fina lluvia de insectos que caía sobre la mesa; algunos estaban moribundos, con las alas recién quemadas en la llama temblorosa de la candela. Recordó los dibujos de los códigos de Dresde y de París, y los del código apócrifo de Quiroz, que era una profecía, y en cuya última página, dentro de un marco hecho de ceros mayas, había una pirámide que hacía pensar en un reactor nuclear; en la cúspide aparecía un sacerdote colibrí envuelto en llamas. Contemplaba la vasija: las antiguas figuras de animales con caras de hombres y hombres con caras de animales, las pisadas humanas que describían espirales y que al atravesar una franja vertical parecía que se convertían en escarabajos, la greca de pequeñas calaveras de frente y de perfil.

Se puso de pie, tomó la vasija, entró en la casa y cerró la puerta rápidamente. El margay había crecido bastante en las últimas semanas, y, de noche, pasaba buena parte de su tiempo en la viga que remataba sobre la puerta, al acecho de una oportunidad para escapar. En una ocasión se había escabullido al lado de Sebastián, pero Reginaldo, que estaba fuera en el corredor, le había echado encima el impermeable que llevaba enrollado en un brazo.

—Ya podría soltarlo —dijo Reginaldo. Había envuelto al margay en el impermeable para impedir que le arañara, y se lo dio a Sebastián—. Estos nacen y ya saben cazar. Con el tamaño que tiene ningún gavilán ni ningún tecolote se metería con él.

—Uno de estos días —había dicho Sebastián. De entonces acá, el cachorro había destruido varios almohadones y la alfombra de la sala.

Sebastián puso la vasija sobre el baúl de los libros, y luego fue a tumbarse en los almohadones, que sangraban miraguano, y la alfombra desgarrada. El margay había bajado de su viga para comprobar que la puerta estaba cerrada, y luego saltó al baúl de los libros. Dio dos vueltas alrededor de la vasija. La husmeaba.

—¡Margay! —llamó Sebastián—. ¡Ven aquí!

El margay obedeció; lo hacía cada vez con

menos frecuencia. Dejó que Sebastián le acariciara la cabeza. Su ronroneo era potente.

Sebastián pensó un momento en Véronique, que le había mandado una postal de París. Deseó tenerla allí. De pronto, el margay se apartó de Sebastián, miró rápidamente a su alrededor, como si estuviese asustado, y después corrió hacia el baúl y trepó por la pared y la ventana hasta las vigas más altas.

—¿Qué pasa? ¡Ven! —dijo Sebastián, pero el margay sólo lo miró una vez desde atrás de una viga y luego se ocultó.

Sebastián pensó en Roberto. En su mente se formaron varias imágenes: Juventino tendido entre los árboles con un agujero en la frente, el caimán desollado cubierto de hormigas, el fusil de Juventino debajo de su cama, la prisión de Sayaxché; Roberto vestido de negro y recién bañado con un ramillete de flores para Véronique. Y mientras tanto, inventaba la manera de hacerle daño. Hacía tiempo que tenía deseos de hacerlo, y ahora, al ver que al dañarle podía obtener un beneficio, no se contuvo como otras veces, sino que se dejó llevar por la imaginación. Miró al margay y le dijo: «Mañana serás libre.»

Hacía tiempo que Roberto no mataba más que tepeizcuintes y cotuzas. No era que los animales se estuvieran acabando —al menos no aquí—, pero se habían hecho más escurridizos. Los otros cazadores habían llegado a la conclusión de que «los habían salado», y hasta el tío Francisco había dejado de salir a cazar, para dejar pasar la mala racha. Roberto, en cambio, pasaba a solas en la selva mucho más tiempo que antes. Su tarea era doblemente difícil, obligado como estaba a cazar en tierra de Sebastián, y aunque creía que éste le tenía miedo, no podía dejar de sentirse como alguien acosado, perseguido.

En el aire de la caverna, parecido al de la noche pero más denso, había un aleteo de murciélagos. Roberto, con un chorro de luz que manaba de su frente, avanzaba doblado hacia adelante bajo las estalactitas cubiertas por una capa de musgo color ocre. Iba muy despacio, para no hacer ruido, y con cierto temor. Había entrado en la cueva siguiendo el rastro de un gato. Las huellas le habían parecido sospechosas, quizá demasiado regulares, y se le ocurrió que alguien podía haberle preparado una celada.

Conocía bien esta caverna, al menos hasta cierto punto. De modo que cuando llegó al sitio donde una cortina de estalactitas descendía hasta casi tocar el suelo, decidió detenerse. Sabía que del otro lado de la cortina la cueva volvía a hacerse espaciosa. Hacía algunos años, unos huecheros de Santa María habían encontrado allí algunos objetos mayas, y la gente decía que ahora eran hombres ricos que vivían en la capital. Benigno, sin embargo, aseguraba que los hombres habían enfermado y muerto no mucho tiempo después de su descubrimiento. Todavía quedaban algunos cacharros rotos en la caverna, pero los que habían tratado de venderlos habían comprobado que carecían de valor, de modo que hacía bastante tiempo que nadie entraba a buscar nada allí dentro.

Para seguir adelante era necesario echarse al suelo y arrastrarse, y, sabiendo que el animal podía estar del otro lado, Roberto no quiso arriesgarse. Si estaba allí, si no había seguido por el otro ramal, estaba atrapado. Con dos grandes piedras que arrastró por el suelo de limo, obstruyó la entrada, y se sentó, apoyando la espalda en la pared húmeda, para empujar las piedras con los pies.

A la mañana siguiente volvió a la caverna con su hermano menor, Eusebio, que en lugar de fusil traía un pico para cavar. Las piedras que Roberto había usado para obstruir el paso no habían sido movidas.

—Hay que escarbar aquí —le dijo a su hermano, y señaló un punto en la pared arenosa.

De tiempo en tiempo, Eusebio dejaba de cavar y se quedaba atento, esperando oír algo del otro lado. Por fin el pico atravesó la pared.

—Ya —dijo Eusebio, y se apartó para dejar sitio a su hermano.

—Mira —dijo Roberto.

Se miraron entre sí. En el agujero que habían descubierto había una calavera con el cráneo destrozado, dos puñales de obsidiana, y una vasija de barro con dibujos mayas.

—Hoy sí que la hemos hecho, hermano —dijo Roberto, y empezó a sacar los objetos.

En los ojos de Eusebio, sin embargo, había menos entusiasmo que miedo. Roberto había tomado la vasija cilíndrica, y la examinaba a la luz de su reflector. Alrededor de la boca había una franja de calaveras, y abajo había varios dibujos de hombres con cabezas de animales.

—Dame el costal —le dijo a su hermano.

Mientras Roberto metía los objetos en el costal, Eusebio tomó el pico y siguió cavando.

—¿Qué haces? —le preguntó Roberto.

—¿Y el tigre?

—¡A la chingada el tigre! Si está allí, podemos volver por él.

Eusebio agrandó un poco el agujero, para asomarse a mirar con su luz.

—Allí no hay nada —dijo.

Camino de vuelta al Paraíso a través de la Ensenada, Roberto había terminado por enfadarse con su hermano, que con su aire temeroso le recordaba que estaban actuando como ladrones. Además, el miedo que los objetos desenterrados le causaban a Eusebio debía de ser algo contagioso; era el miedo a un acto cuyas consecuencias ellos no podían conocer, y que, como su ilusión de ganancia era desmesurada, les hacía imaginar consecuencias asimismo desmesuradas. Roberto pensaba: «Es un miedoso. Pero si lo hacemos todo bien, nuestras vidas cambiarán para mejor.» Salieron de un túnel de árboles y lianas y siguieron bajo el sol que secaba el barro rojo y quemaba la hierba gris de los potreros.

—¿Qué vas a hacer con eso? —preguntó Eusebio, mirando el costal que Roberto llevaba bajo el brazo.

—Cuando lo decida te lo diré —respondió Roberto.

—Es igual —dijo Eusebio, y luego agregó—: Mejor no me digás nada.

Oscurecía, y había pocos clientes en la cantina de Sayaxché llamada El Rey. La mujer que atendía estaba sentada en un taburete detrás de la barra; tenía dientes de oro, parecía alegre y estaba muy perfumada. Roberto, sentado a una mesa en un rincón, observaba a un extranjero, que estaba de pie, recostado en el muro negro junto a la barra. Sobre su cabeza había una pequeña lámpara, y sus cabellos rubios y erizados resplandecían.

Entró Coronado, el dueño del Rey.

—Buenas noches, señores —dijo, con acento mexicano, y fue hasta la barra—. Vengo con sed.

La mujer se bajó del taburete y le sirvió un vaso de aguardiente.

—Ya pasó el ferry, y ahí viene la riolada —dijo Coronado.

En efecto, poco después entraron en la cantina peones, vaqueros y camioneros. Coronado seguía de pie junto a la barra. El extranjero bebía en silencio a pocos pasos, y Coronado le habló.

—¿Es arqueólogo?

—No.

—Pero lo he visto en el lanchón de Punta Caracol.

—Trabajo allí.

—¿Le gusta el lugar? —y miró los muros y el techo de lámina de la cantina, pero su mirada iba más allá para abarcar el río, la selva.

—Sí.

—¿Qué pasa en Punta Caracol?

—Poca cosa.

Coronado se rió.

—No me extraña —dijo—. Los muchachos aquí tienen suerte, a veces. —Señaló a un viejo visiblemente ebrio que hablaba con una prostituta en el otro extremo del salón—. Ese fue el que halló la primera estela del Duende. Era chiclero. Fue con el cuento a los arqueólogos, y no le dieron nada. Por eso ahora cuando alguien encuentra algo, no se lo lleva a ellos.

—Desde luego. Si sabe de algo bueno avíseme, Coronado.

Coronado se volvió hacia el viejo ebrio y gritó:

—Llevátela al cuarto, Quincho, que si te echás otro trago no vas a poder hacer nada.

El extranjero dejó su vaso vacío en la barra.

—Hasta la próxima, Coronado.

Felix no tardó en recibir un mensaje de Coronado, en el que le decía que había un hombre que quería vender —no decía qué. Felix respondió que iría a visitarlo unas noches más tarde, y fue a buscar a Richard a su cabaña para proponerle la compra de unos objetos mayas. Aunque la cosa era ilegal, Richard se había mostrado interesado.

Tocaban norteñas cuando Felix volvió al Rey. Coronado lo invitó a sentarse a una mesa bajo una lámpara de pie con pantalla de cartón color violeta.

—Mi cumpleaños fue ayer —le dijo—, pero yo sigo celebrando. Mire.

Las jóvenes que Coronado había hecho venir para celebrar su cumpleaños acababan de descender de sus cuartos. Fueron a sentarse en un sillón no muy lejos de la mesa de Coronado. Una de ellas, toda de blanco, era todavía una niña, pero miraba a Felix con expresión provocativa. Más allá, en un rincón oscuro, un hombre se había levantado bruscamente de una mesa y se había echado sobre una mujer, para arrinconarla contra el tabique de madera.

—Recabrona —le dijo.

—La patojita de blanco —le dijo Coronado a Felix—, es de lo mejor que hemos tenido por aquí. Pero es muy cara. Sólo la ha tocado su padre, que la arruinó, y su servidor.

A medianoche, Coronado condujo a Felix a un cuartucho en la parte trasera, donde aguardaba Roberto, sentado en un banquito frente a una mesa de metal.

—Quiero ver —dijo Felix—. ¿No hay más luz?

Coronado estiró el brazo para encender una bombilla desnuda que colgaba sobre la mesa.

La vasija que Felix quería ver estaba allí. Sus colores con la pátina del tiempo eran para los ojos como una caricia muy suave. La tocó, deslizó los dedos por su superficie aceitosa, la levantó con ambas manos, la tanteó. Era sorprendentemente liviana. La puso otra vez en la mesa.

—¿Dónde la encontraste?

—No muy lejos de aquí. Estaba enterrada.

—Pero no estaba sola.

—Sí.

—No es posible. ¿Me dices la verdad?

—¿La quiere, o no?

Felix volvió a tocar la vasija con un dedo.

—Sí. Pero pides demasiado —dijo. Se sacó de un bolsillo un fajo de billetes, contó cinco mil quetzales y los puso sobre la mesa—. Es lo que doy.

Coronado dijo: «Los dejo solos.» Salió del cuarto como escurriéndose por la puerta y la cerró.

Coronado estaba muy satisfecho con su último negocio, que le resultó provechoso en varios aspectos. Además de recibir comisiones de agente tanto del vendedor como del comprador, fue recompensado por una tercera persona, que se ocultaba en el anónimo. El muchacho que le había llevado la carta —escrita por una mano educada, que hizo pensar a Coronado en una mujer, antes de leerla, y luego en un abogado— era un hijo natural de Reginaldo con una mestiza del Escarbado, y por eso Coronado sospechaba que era un emisario de Sebastián. La carta hablaba del valor científico de las reliquias que Roberto

Cajal intentaba vender a través de Coronado, y le pedía a éste que, en beneficio de la comunidad, colaborara con el autor para evitar que las reliquias fuesen transportadas al extranjero.

Atravesó el salón, donde la música flotaba entre olores de perfumes baratos, humo de cigarrillos y alientos de aguardiente, y salió a la calle iluminada sólo por la luz de las estrellas. El hijo del mulato estaba allí, aguardando.

—Ya estuvo, Batey —le dijo Coronado.

El muchacho asintió con la cabeza, giró sobre sus talones y echó a correr calle arriba, para doblar hacia la comisaría, que quedaba a dos calles del Rey. «Pinche soplón», pensó Coronado. Se refería a Sebastián. Volvió a entrar en el Rey y fue a sentarse a su mesa.

Darle información al muchacho no lo convertía a él en soplón, porque no lo hacía por motivos personales, aparte de la justa remuneración. Pero Coronado sabía que el destinatario de sus informes era el comisario Godoy. No ignoraba que Sebastián y los Cajal se tenían mala sangre, pero el utilizar a la policía para arreglar cuentas personales le parecía innoble.

En la penumbra, Roberto tocaba la piel sedosa de una de las muchachas de Coronado. Su vestido blanco colgaba del respaldo de una silla, y sus zapatos altos, blancos también, estaban a los pies de la cama. En la mesita de luz había una botella de ron recién abierta, dos coca-colas a medio beber y dos vasos vacíos. Roberto experimentaba un placer, una sensación de lujo, que no le parecía real. «Esto es lo que sentirán los ricos», pensaba.

—Voy a llevarte conmigo —le dijo a la muchacha, y la penetró una vez más.

La muchacha lo miraba en los ojos y parecía asustada.

—¿Adónde? —gimió.

—Lejos.

Cuando hubo terminado, se separó de ella, y la miró, satisfecho y con un poco de lástima. Pensó en Verónica. La muchacha se puso de pie y comenzó a vestirse en la oscuridad.

—¿Cómo dijiste que te llamabas?

—Lucila.

—¿Cuántos años tenés?

—Quince. ¿Adónde me vas a llevar?

—¿Yo? —Roberto se rió, y en ese momento llamaron a la puerta.

—¿Quién es? —preguntó Roberto.

—Policía. ¿La señorita está vestida? Vamos a entrar. —Una llave entró y giró en la cerradura, la puerta se abrió. Era el comisario Godoy—. Qué tal, Roberto. Disculpe, señorita —hizo una ligera reverencia.

—¿Qué pasa? —dijo Roberto.

El comisario alargó una mano para encender la luz. Tenía la cartuchera suelta. Otro policía estaba detrás de él.

Lucila terminó de vestirse, recogió sus zapatos y salió rápidamente de la habitación.

—Vestite vos también —le dijo el comisario a Roberto—, que nos vas a acompañar. ¿Dónde está el dinero?

—¿Qué dinero?

—No te hagás. Ya te chillaron. El dinero que te dieron por las reliquias.

—¿Qué reliquias?

El comisario hizo una mueca de impaciencia

y le dijo al agente que seguía junto a la puerta:

—Buscá el dinero.

—Ustedes sí que sólo a los pobres saben joder —dijo Roberto, y poniéndose de pie, se metió los pantalones.

El agente Bá encontró un fajo de billetes dentro de una de las botas vaqueras de Roberto.

—Te rugen los tamales —le dijo, y le dio el dinero al comisario, quien comenzó a contarlo.

Tres días más tarde Sebastián, que ya estaba cansado de vivir ocultándose, fue temprano en su lancha a Sayaxché para recoger a Reginaldo, quien había ido a Flores a visitar a su madre, y a hacer varios recados. Reginaldo aguardaba a Sebastián en uno de los cayucos de los hermanos Conusco, un gigante de noventa pies con un toldo remozado con palmas todavía verdes. En la playa, a la sombra de la punta del cayuco, estaban los canastos de la compra y los bidones de gasolina. Reginaldo se despidió de Juan Conusco y corrió hacia la punta del cayuco, saltó a la playa, y fue a recibir a Sebastián. Cargaron la lanchita entre los dos, y luego Reginaldo subió por la proa y tomó el remo para apartarse de la orilla. La turbia corriente de La Pasión los ladeó y comenzó a arrastrarlos. Sebastián encendió el motor, enderezó la lanchita y aceleró para pasar cerca de la hilera de cayucos atracados al sesgo en la orilla y luego virar hacia la corriente verde del Amelia. Las aguas habían subido y los zarzales estaban en flor.

Entraron por el atajo del Caguamo; ahora navegaban muy lentamente, bajo la densa sombra de un túnel de mangles y enredaderas.

—Cuéntame qué pasó —le dijo Sebastián a Reginaldo.

Reginaldo se volvió en la punta para mirarlo. Parecía un poco avergonzado.

—Lo agarraron en el Rey y se lo llevaron a la cárcel.

Sebastián sintió la sangre que le calentaba el rostro para revelar su propia vergüenza.

—A ver si aprende —dijo entre dientes—. ¿Cuánto tiempo crees que lo tendrán dentro?

—Depende. A lo más, un mes o dos.

Volvieron a salir al Amelia, cuya superficie brillaba con monedas de luz deslumbrante como pequeños soles. Era la hora en que los animales se hacían invisibles, salvo las tortugas, que tomaban el sol en los troncos tumbados cerca de la orilla, y los zopilotes que atalayaban desde los árboles la apacible corriente. Reginaldo volvió a mirar a Sebastián.

—Parece que le dieron una paliza —le dijo—, porque no quiso contar dónde escondió los huesos. Usted sabe que a los que lo cuentan les cae una maldición.

—Sé que los huecheros esconden los restos que encuentran en las tumbas para que los muertos los dejen en paz.

Sebastián se alegraba de que Roberto hubiese ocultado los huesos y el cráneo que habían servido para acompañar la vasija en el enterramiento. Los huesos se los había regalado su abuelo, en cuya finca, cerca de Tiquisate, los peones habían encontrado una tumba colectiva, posiblemente Olmeca. Un tío de Sebastián solía decir, medio en broma, que en la finca del abuelo había habido un cementerio clandestino en tiempos de Espina y Guzmán, pero hasta ahora nadie había hecho analizar los huesos para determinar su procedencia.

Por la tarde, al despertarse del sudoroso sueño de la siesta, Sebastián volvió a pensar en Roberto. No había llegado a odiarle, no le temía y no le tenía lástima. «Algún día va a enterarse de lo que pasó en realidad.»

Desde la laguna llegó la voz de Wilfredo que llamaba a Reginaldo. Poco después Reginaldo fue a decirle a Sebastián que Richard Howard lo invitaba a cenar esa noche en la posada.

—Wilfredo está esperando una respuesta.

—Dile que iré —dijo Sebastián. Se quedó un rato más tumbado de espaldas en la cama, mirando el juego de sombras y luz en el alto techo cónico.

Se levantó rápidamente y fue al baño a ducharse y cambiarse de ropa. La invitación de Howard era muy buena señal. Quizá la mala suerte había terminado, pensó. Se puso un par de botas nuevas, tomó una pequeña linterna, que guardaba en un bolsillo de su chaqueta, se untó con repelente la cara y las manos y salió de la casa. Tomó su bordón y se puso en camino de la posada. Los rayos de sol que penetraban en la selva eran calientes, y en el aire estaban los olores del palosanto y la canela.

Se daba cuenta de que su alegría, que se traducía en un enérgico andar, era una emoción ambigua. Haber enviado a la cárcel a Roberto era una mezquina victoria, que había saciado su deseo de venganza, que le había causado un placer efímero, no exento de vergüenza. Si al mismo tiempo había logrado despertar el interés de los arqueólogos en la Ensenada —lo que podría contribuir a defender los animales y la selva— quizá su júbilo era justificado. De todas formas, una alegría absurda era mejor que una tristeza absurda, se dijo. (Se había sentido triste ayer pensando en su impotencia.) Aun así, ¿no hubiese podido vencer a los Cajal de otra manera? Ellos no eran el enemigo principal. ¿Pero cómo enfrentarse a éste? ¡Tenía tantos nombres!

Cruzó el lindero de la posada y siguió por el sendero que llevaba a las cabañas. Frente al cobertizo que los arqueólogos usaban como laboratorio, encontró a Felix lavándose las manos, que tenía cubiertas de una pasta verde, junto a un tonel lleno de agua. Felix lo saludó, y señaló el cobertizo con la cabeza. Sebastián se acercó para mirar a través de la tela mosquitera. Allí estaban el equipo y las nuevas colecciones de artefactos, embalados y listos para ser transportados a la capital.

—¿La has visto? —dijo Felix—. Davidson se la compró a Richard al doble de su precio, en nombre de la universidad.

Sebastián alcanzó a ver la vasija, que estaba sobre una mesa de trabajo. Se volvió hacia Felix.

—¡Pero es mía! —exclamó, y se rieron los dos.

—Ven —dijo Felix.

Sebastián lo siguió por el sendero hasta una choza en un pequeño claro junto al agua.

—Antonia. Sebastián —los presentó Felix.

Se sentaron en los camastros, y Antonia sacó tres cervezas de una pequeña nevera. Estuvieron conversando hasta el oscurecer, cuando vieron que la choza estaba rodeada de luciérnagas. Salieron con sus linternas y empezaron a caminar hacia el comedor.

En el ranchón del comedor, donde las mesas estaban iluminadas con grandes velas amarillas, los arqueólogos más jóvenes conversaban con animación. Desde la cocina llegaba la voz de Nada, que daba las últimas órdenes antes del inicio del banquete de fin de temporada.

—¡Sebastián! —llamó Richard. Estaba de pie al lado de la mesa principal, donde ya estaban sentados el doctor Davidson y un joven arqueólogo japonés—. ¿Puedes acercarte? Quiero presentarte a los señores.

Sebastián fue hasta la mesa, y Richard, después de presentarlo a los arqueólogos, que le dieron la mano sin ponerse de pie, lo invitó a sentarse junto a él.

Wilfredo puso en el centro de la mesa una fuente de sopa.

Sebastián miró a su alrededor, entre sorprendido y halagado. Muchos ojos lo observaban.

—¿Dónde está Otto? —preguntó.

Nada no le hizo caso.

—Se fugó —respondió Richard—. Encontró pareja y se fugó.

—Sin duda sabe lo de la vasija que encontraron en la Ensenada —le dijo de pronto el doctor Davidson a Sebastián—. La hemos sometido a varias pruebas. Fue elaborada con arcilla proveniente de la altiplanicie mexicana, probablemente de la zona de Tzonpanco, alrededor del siglo diez. Al menos eso cree mi colega. —El doctor Davidson se volvió hacia el doctor Nakamura, que miraba fijamente a Sebastián y sonreía—. Nos gustaría hacer excavaciones en sus tierras. Pero tenemos un problema. Un problema legal.

Las conversaciones se habían apagado. El doctor Davidson siguió hablando, ahora por lo bajo, con Sebastián. ¿Estaría dispuesto a extender un documento de traspaso a la universidad?

Sin esto, no podrían incluir la nueva pieza en el catálogo, y así les sería imposible conseguir los fondos necesarios para hacer excavaciones en la Ensenada. Sebastián pensaba: «¿A qué complicar las cosas, diciendo que no?» Se volvió para mirar a Felix, que devoraba su comida en la mesa vecina.

—Desde luego —dijo en voz muy baja, sin jactancia, aun con cierta timidez.

Las conversaciones se reanudaron, en tonos más altos y con más animación.

Al terminar de cenar, Davidson y Nakamura se retiraron a sus cabañas, y los demás arqueólogos siguieron el ejemplo. Mañana tendrían que madrugar para emprender el viaje a Flores. Sólo Felix y Antonia permanecieron en el comedor con Sebastián, que no podía ocultar su desencanto porque el banquete había terminado tan temprano, pero al poco tiempo ellos también se despidieron.

—Vengan a verme cuando quieran —les dijo en un tono algo patético, angustiado.

Roberto fue puesto en libertad una lluviosa madrugada de septiembre. La paliza y los cuarenta días que había pasado en la prisión de Sayaxché apenas le habían afectado. Le alegraba estar libre; le costaba creer que estaba libre. «Mataste a Ríos —pensaba— y todavía te podrían fastidiar.» Los objetos mayas que le habían traído aquí le parecían enredos del diablo.

Cuando, recién ingresado en la cárcel, uno de los arqueólogos fue a preguntarle dónde había encontrado la vasija, Roberto confesó como un arrepentido, y sintió un alivio inexplicable, como si el científico lo hubiese exorcizado. Luego tuvo que guiar a una pequeña comisión hasta la caverna de la Ensenada, y les mostró el nicho junto a la cortina de estalactitas donde estaban todavía las piezas de obsidiana. Nadie había vuelto a mencionar los huesos.

—No vas a poder cazar en donde ya sabés —le advirtió el comisario Godoy cuando Roberto fue llevado de su celda al despacho para firmar unos papeles y recoger sus efectos personales—. Ahora la cosa va en serio. Se pondrán guardas, y si te denuncian, te voy a encerrar por un buen rato.

Caía una llovizna muy fina. Roberto se fue despacio por la calle todavía oscura que bajaba a la playa.

—Qué tal, Roberto —le decían los conocidos, y sonreían. Muchos de ellos sabían de dónde venía, y algunos sabían lo que era estar «dentro».

El sol parecía estar comprimido entre un oscuro manto de nubes muy bajas y el horizonte de árboles. Con la brisa que producía el camioncito que lo llevaba al Paraíso, Roberto temblaba de frío; el agua le mojaba la cara, y bajaba por su nuca y por su espalda desnuda.

Un poquito de lluvia
a nadie hizo mal

Roberto tarareaba con una curiosa alegría.

En la parte alta del collado, el humo colgaba sobre las chozas del Paraíso. Roberto saltó del camión y los perros comenzaron a ladrar y bajaron desde las chozas a recibirlo.

—Bienvenido —le dijo el tío Francisco, que estaba sentado en una mecedora remendando una atarraya.

Roberto se sentó a la mesa de madera negra en el centro de la habitación.

—¿Y los otros?

—Están trabajando en los corrales.

—¿Qué corrales? —Roberto se rió.

—Para los tepeizcuintes.

—¡Tepeizcuintes! —exclamó, y se puso de pie.

—Estás empapado —le dijo el tío—. Allí en el cajón hay ropa, si te querés cambiar.

Roberto fue hasta el mueble donde guardaban la ropa y se mudó rápidamente.

—Tepeizcuintes —repitió—. ¿A quién se le ocurrió?

—Ya no nos dejan cazar como antes —dijo Francisco Cajal—. Jaguard me ha dicho que nos compraría la carne.

Roberto volvió a sentarse frente a su tío, sacudiendo la cabeza.

—Yo no sé hacer otra cosa que cazar —dijo—. Hacer otra cosa sería como estar muerto. —Se sonrió—. No pienso cambiar.

Un poco más tarde agregó con seriedad:

—Si tengo mala suerte, pues prefiero estar muerto de veras.

—Te comprendo —le dijo el tío; de pronto, Roberto vio que había envejecido muchos años.

LA PEOR PARTE

LA PEOR PARTE

A todos, menos a ella, les dije que me iba, y me he quedado. Burlar al guardia de migración fue bastante fácil. Un golpe en la frente para significar el olvido y un brusco recordar; un discurso falso acerca de ciertas pastillas.

—Apúrese —me dijo el guardia—, lo va a dejar el avión.

De vuelta en casa, tomé un baño de agua muy caliente, como suelo hacer después de un viaje largo, pensando en las maletas llenas de ropa y libros que se alejaban sobre el mar.

Mientras cenaba, le dije a María Luisa:

—No vayas a olvidarte de que estoy de viaje, de que no estoy para nadie. Esto que ves es una aparición.

Respondió sonriéndose.

Aquella noche, cuatro personas dejaron mensajes en mi contestador. Mi amigo Felipe Otero, a las seis y media, la hora de vuelo: «Acabo de enterarme de que te ibas, al regresar del lago. Si no te has ido, llámame. O buen viaje.» Unos minutos más tarde, el carpintero, para decirme que unos muebles que le había encargado no estarían listos hasta dentro de un mes. A las siete, Alegría: «¿Mariano? ¿Es verdad que te fuiste? Escribe.» Y a las nueve: «¿Señor Milián?» Una voz desconocida, y un largo silencio. Esa no era la voz que

117

pronunció las amenazas, pero me causó un ligero escalofrío.

Me mudé a la habitación del fondo, donde tengo la música.

Soy persona más bien sedentaria, de modo que todo esto, aparte de las dudas y el temor, no me contrariaba. Mi casa es bastante grande.

Los primeros días los pasé entre ratos de lectura y ratos de música, con intervalos de paseos entre los muros de mi habitación. Mi principal inquietud, lo que de cuando en cuando interrumpía mi concentración, era el teléfono, cuyos sonidos llegaban a mí desde el fondo del corredor. María Luisa solía tardar en responder, y yo me acercaba a la puerta y la entreabría para escuchar.

—No —decía ella—. Se fue de viaje. No sé cuándo volverá.

Un domingo temprano por la tarde, sin embargo, dijo: «Sí.» Y comenzó a hablar en mopán, el dialecto de su tierra. Fue una conversación larga. A eso de las cinco, sin decirme nada, salió a la calle. No volvió hasta las diez.

A la mañana siguiente, cuando me trajo el desayuno, le pregunté adónde había ido. Se encogió de hombros y dijo:

—A pasear.

No quise hacer más preguntas.

Al día siguiente hubo una llamada para mí, de un banco extranjero. Y otra para ella, que volvió a seguirse de una larga conversación en mopán. Esta vez, cuando María Luisa colgó, yo cerré mi puerta con bastante ruido. Oí un débil chasquido de protesta, y los pies descalzos que se alejaban rechinando por el parqué recién lustrado.

—¿Quién te llamó? —le pregunté más tarde, cuando me trajo un refresco que no le había pedido.

No le agradó la pregunta, pero contestó:

—Mi novio. Ahora que le he dicho que usted no estaba, insiste en verme más a menudo.

—Está bien. ¿Es aquel muchacho de Ux Ben Ha?

—No. Es otro.

Esta información la recibí con una sensación de abatimiento.

—Felicitaciones —dije con voz apagada.

María Luisa se sonrió de una manera poco natural.

—No me felicite —dijo—. A éste no lo quiero. Lo tengo por necesidad.

A las cinco y media sonó el timbre del portón. Oí a María Luisa salir a la terraza, y la puerta que se cerraba. Poco después, salí de mi cuarto y fui hasta la sala para observar por los ventanales al hombre que la visitaba. No tenía aspecto de indígena. Cuando él comenzó a abrazarla, volví a mi cuarto. Sentía una curiosa mezcla de indignación y celos.

Es interesante observar cómo todo, hasta cierto punto al menos, es puramente mecánico. Un cambio físico, un cambio de perspectiva, altera no sólo la forma de ver, sino la forma de pensar y de sentir. El hecho de estar aquí encerrado, y el hecho de que María Luisa sea la única persona a quien veo y con quien puedo conversar, ¿a qué me han reducido?

Me gustaría saber qué quiso decir el otro día con la palabra «necesidad». ¿Dinero? ¿Desahogo sexual?

Es sumamente alarmante que el hombre no

sea un indígena. No puede serlo, con ese aspecto. ¿Por qué hablan en mopán?

A la hora de la cena la interrogué:

—¿De dónde es tu nuevo novio, si no es indiscreción?

—De Cuilapa.

—¿Y habla tu idioma?

—Sí. Vivió en Santa Cruz algún tiempo, y allí tuvo que aprenderlo.

—Es maravilloso —le dije, y logré sonreír ampliamente—. Un oriental que habla mopán. ¿Y lo habla bien?

—Bastante bien —contestó con cierto orgullo.

—Yo también sé unas palabras de mopán —y pronuncié algunas—. Me gustaría aprender más.

Al día siguiente fui a la biblioteca, que está en el primer piso. Tomé un diccionario comparado de las lenguas mayas y una gramática kekchí, que no guarda gran parecido con la del mopán.

María Luisa viste siempre impecablemente: falda de corte a cuadros, huipil blanco, calado, con finos bordados alrededor del cuello y en las mangas.

—Po, es luna —me dijo—. Poqos, polvo.

—¿Cómo traducirías la palabra romántico?

—Tx'i ish, o peekesh —respondió, después de reflexionar un momento.

Según el diccionario, estos dos términos equivalen a *sentimental*, y pueden estar relacionados con la palabra perro —*shwiit* en aguacateco, *pek* en mopán.

He observado también que tanto el diccionario comparado como el glosario de la gramática kekchí desconocen las palabras mal y malo. *Ki* significa bueno en mopán.

Algo está a punto de ocurrir, o está ocurriendo ya, algo que podría alterar el curso de mi vida. ¿Es un cambio de curso la consecuencia de un cambio de perspectiva? Querer aprender mopán es querer entrar en otro mundo. Es cierto que en el exterior existe una amenaza real; pero eso ya apenas me importa. Estoy dispuesto a marcharme verdaderamente, pero no al extranjero, sino al interior.

Le dije a María Luisa, cuando me trajo la cena:

—Quiero ir a vivir un tiempo en Blue Creek.

Una sonrisa recatada.

—¿En verdad?

—No puedo seguir viviendo así. —Miré a mi alrededor: los discos ladeados en los anaqueles, las ventanas enrejadas, los libros esparcidos por la alfombra—. ¿Conoces a alguien que pueda alojarme allá?

—Creo que sí —dijo—. Tengo una prima.

Giró sobre sus talones y salió rápidamente de la habitación.

El novio de María Luisa venía a verla todos los días, y yo sentía cada vez más algo que sólo puedo llamar celos. Los espiaba a veces desde los ventanales de la sala.

Día tras día, aprendía una docena de palabras en mopán. María Luisa corregía mis errores de pronunciación —ellos tienen diez vocales en vez de cinco y distinguen las kas de las cus—; a menudo se reía, pero algún progreso íbamos haciendo.

Y así pasaban las semanas.

Para construir oraciones en buen mopán, es necesario desgonzarse mentalmente, o lingüísticamente, para lo cual se requiere un calentamiento previo.

—¿Qué quisiste decir el otro día —le pregunté en cierta ocasión— cuando dijiste que tenías a este novio por necesidad?

Con un rubor brusco, María Luisa se volvió hacia la ventana y se quedó mirando el jardincito con la fuente de piedras de lava y las lagartijas que tomaban el sol.

«Lo mejor sería dejar a alguien en mi lugar», pensé en ese momento.

—Tu amigo —le dije después de un largo silencio—, ¿estaría dispuesto a hacerlo?

María Luisa me miró. Parecía perturbada.

—¿Hacer qué?

—Vivir aquí, sustituirme, si me voy.

—Puedo preguntárselo.

Fue un domingo, semanas más tarde, cuando María Luisa me dijo:

—Le he hablado, y dice que lo hará. Vendrá a vivir aquí.

Fue como si una puerta se abriera. «Vivirá enterrado», pensé para mí. A través de María Luisa llegamos a varios acuerdos, acerca del dinero que recibiría por sus servicios en mi ausencia, la duración indefinida de los mismos, y las posibles consecuencias de una deserción.

Abandoné mi casa un miércoles a mediodía, con una carta de presentación para la prima de María Luisa y algunos presentes para su tía y un hermano menor.

—Manténme informado —le dije un momento antes de salir a la calle, donde me aguardaba un auto de alquiler. Prometió que lo haría.

El auto con cristales velados, como lo pedí, me llevó a la terminal de autobuses. Ingerí dos pastillas y no desperté hasta que ya estábamos a pocas horas de Flores. En Flores, donde tuve que pasar la noche aguardando el transporte que me acercaría a mi destino, escribí una postal a María Luisa, y le hablé del sentimiento de aventura, de proximidad de lo desconocido que experimenté al despertar por el camino de polvo en medio de la sabana y de la selva.

Pero lo desconocido para mí, a ella le era familiar.

«Dos seres de orígenes distintos, que se mueven en direcciones opuestas, pueden encontrarse, estar unidos un momento, para luego separarse, cada vez más.»

El camión salió de Flores al alba. Esta vez no tomé pastillas. Vi salir el sol a la izquierda del camino. Más adelante, el paisaje de montañas redondas, cubiertas de selva, con algún claro de tierra blanca y la costa a lo lejos bajo un cielo de nubes enormes, como inflamadas, me causó una emoción ajena a lo desconocido. Sentía la familiaridad en los propios dedos de mis manos, que frotaba entre ellos de vez en cuando, como un alucinado que quiere cerciorarse de que lo que siente es lo que ve. El aire era una membrana, una envoltura.

A mediodía me bajé en el entronque, donde arranca el ramal de San Antonio y Santa Cruz. Allí me recogió un camioncito lleno de gente. Sentado en la parte trasera entre un niño y un anciano, iba viendo el camino que se alargaba hacia la costa, mientras el vehículo ascendía lentamente, dando botes y bandazos.

—Wab'ix —me dijo el viejo, señalando con una mano agarrotada una colina sembrada de maíz, con una ceiba en la cima—. Ntzee'ya. —Mi milpa, mi árbol.

Llegamos a San Antonio al oscurecer.

Esa noche me alojé en el Hilltop Hotel, del señor Bol, un pocomán de Tactic, casado con una kekchí de San Luis. Son muy diferentes uno de la otra. Él es delgado, aguileño; ella, rechoncha y achinada. Mi cuarto estaba en el tercer piso, que también era el último, y dominaba el pueblo y el paisaje con nubes muy bajas hasta las llanuras de la costa.

A la mañana siguiente el señor Bol me llevó en una vieja furgoneta a una finca a dos kilómetros de Santa Cruz.

—Hasta aquí llego yo —me dijo—. Lo que queda lo tendrá que caminar.

Me eché mi bolsa de viaje a las espaldas, y comencé a andar.

En Santa Cruz, hablé con un tal Valentín, cuyo nombre había mencionado María Luisa, y él me alquiló una mula y me guió hasta Blue Creek.

De modo que llegué cabalgando a casa de la tía de María Luisa, de nombre Manuela. Sin apearse, Valentín se puso a dar voces a la puerta. Salió la vieja, despidió a Valentín y me hizo pasar. Su hija no estaba, me dijo cuando le entregué la carta. Preguntó por los regalos, que le entregué. Luego fue a llamar a un niño para que me condujera a mi nueva vivienda.

No deshice mis maletas aquella tarde, ni aquella noche. El lugar me parecía hostil. En el suelo del cuarto más grande había un colchón que comenzaba a ser invadido por el comején. Lo sacudí, lo cubrí con una manta, y cuando se cerraba la noche me tumbé sobre él.

Amanecí con un brazo cubierto de ronchas. ¿La huella de un gusano, la orina de alguna araña? Sentí asco por el lugar, de modo que me puse a hacer la limpieza a fondo. Es extraño que el polvo de una casa que no hemos hecho nuestra pueda causarnos tanta repugnancia. Había envolturas de dulces esparcidas por el piso, lo que hacía pensar en la presencia de niños; y en la habitación del fondo, la más pequeña, dos sobres de preservativos y una caja de analgésicos pisoteada. Cuando terminé bajé a nadar al río, cuya agua corre rápida y fría.

Volví a la casa y allí estaba Lucrecia, la prima de María Luisa. Se parecen muchísimo, pero Lucrecia es un poco más alta, y —desde el principio tuve esta impresión— más linfática, meditativa. Había sido maestra de escuela de Dangriga, me dijo, y más tarde se había casado con un veterano inglés, que acababa de morir.

Me enseñó cosas de la casa en las que yo no había reparado: un agujero en la pared, tapado con un corcho.

—Es tradicional —me dijo—. Un urinario. Éste fue hecho por mi padre. Da sobre unas plantas de morro, a las que cae muy bien. Son puros matorrales, por lo general, pero éstas —y me llevó hasta una ventana—, ¿las ves?, parecen árboles.

Y una pequeña compuerta, que estaba junto al colchón, por la que uno puede saltar al exterior —la casa descansa sobre seis pilares de madera.

—Por si hubiera que huir.

—¿Tradicional también? —le pregunté.

—No. Mi padre imaginaba cosas.

Me dijo que me enviaría una mesa y sillas para la cocina y una estufa de gas. Salimos al pequeño porche.

—¿Te gusta esto? —y miró el paisaje de colinas cubiertas de altos árboles.

—Mucho.

Señaló las vigas del techo.

—Aquí podrías colgar una hamaca. —Bajó las escaleras deprisa y se volvió—. Adiós. Vendré a verte a fin de mes.

Levanté la mano, la agité.

—¿Vuelves a Dangriga? —le grité, porque ya se alejaba.

—Sí —contestó.

Por la tarde hice una excursión de dos horas hasta el nacimiento del río, donde hay varias cavernas.

Al regresar, acostado en el colchón, me puse a escribirle a María Luisa. Le decía que la echaba de menos, le pedí noticias de mi sustituto, y le conté que había conocido a Lucrecia.

Al día siguiente vino a visitarme un curioso personaje. Llamaba mi nombre a voces desde la calle. Salí al porche y le dije que se acercara. La señora Manuela, me dijo, le había dicho mi nombre. Me miraba con una mezcla de recelo y curiosidad. No me dijo su nombre, y se puso a hacerme preguntas. Si me gustaba el lugar, si pensaba quedarme mucho tiempo, si había visto las cuevas.

—Sólo por fuera —le dije—. Ya volveré, mejor preparado.

—Nadie las ha explorado —dijo con una sonrisa engañosa. Metió una mano en el bolsillo de su pantalón. La extrajo lentamente y la abrió, para mostrarme una pequeña figura, una cabeza en miniatura de jade dorado.

—¿Le gusta? —me preguntó.

—Es muy bonita. ¿Dónde la encontraste?

Tardó en contestar:

—En mi milpa, trabajando. Tengo más, si quiere comprar.

El hombre, lo noté entonces, estaba empapado de sudor, un sudor de olor fuerte, penetrante, y parecía fatigado. Jadeaba. En mopán, le pregunté si quería pasar a la sombra, si quería beber algo. Me miró con incertidumbre, y en ese momento me di cuenta de que no era indígena, aunque su piel era oscurísima.

—Pase adelante, si quiere refrescarse.

Entramos. Se sentó a la mesa y le serví un vaso de agua de coco. Bebió medio vaso de un trago largo y lento.

—¿Puedo ver esa pieza otra vez?

Asintió y la sacó del bolsillo, la limpió con un pañuelo y la puso en la mesa.

—Agárrela si quiere —se sonrió.

Tomé la piedra. Era muy suave, como aceitosa, pulida no sólo por el hombre sino también por el tiempo.

—La figura —le dije, mirándolo en los ojos con humildad—, ¿sabe usted quién es?

—¿La figura? No. Algún ídolo.

Pero era, lo reconocí con regocijo, en silencio, el dios cachorro de jaguar —¿el sonido «ba» del protomaya?

—Es muy valioso —dijo el hombre con seriedad—, eso es todo lo que sé.

Dos días más tarde, caminando por la vereda junto al río, oí una voz de mujer que cantaba en mopán. Me detuve a escuchar.

Cuando la voz cesó, se oyó un chapoteo.- Me acerqué al río, rodeando unos peñascos, y vi que la mujer era Lucrecia. Inclinada sobre una piedra junto a la orilla, vestía sólo enagua, y restregaba una prenda. A su lado tenía un balde lleno de ropa blanca.

—Yo te hacía en Dangriga —le dije sin acercarme. Alzó la cabeza y me vio.

—¿Qué? —gritó—. No te oigo.

Me acerqué unos pasos.

—Oye —me dijo, entre divertida y seria—. Los hombres tienen prohibido ir a los sitios de lavar. Pero espera. Tú no eres de aquí. Es sólo que si alguien nos viera... Aunque muy poca gente baja a esta parte. ¿Paseabas? —Se inclinó sobre el agua y echó una guacalada a la sábana extendida sobre la piedra. La espuma rodó hasta el agua y se disolvió en la corriente.

—Es mejor que me vaya —dije.

Ella se encogió ligeramente de hombros y se sonrió.

—Como quieras.

Caminé hasta el pueblo y fui a visitar a doña Manuela. Eran las cinco cuando llegué a su tienda. Me invitó a pasar a la parte trasera, una especie de pantry, que comunicaba con el patio de la casa. Varios almanaques y fotos de la familia colgaban en las paredes.

—Un señor vino a verme hace unos días. Me dijo que usted lo había enviado. No le pregunté su nombre.

La señora me miró, entre sorprendida y alarmada. Se sentó pesadamente en una silla de abacá.

—¿Y cómo era? —preguntó.

Describí al personaje: oscuro y enjuto.

—No hablaba idioma — agregué.

—Debe de ser Domingo —me dijo—. No es cierto que yo lo mandara.

—Pero lo conoce.

—Todo el mundo conoce a Domingo. Aparece cada lustro o así. Dicen que debe algunas vidas. Aquí no ha hecho de las suyas; nadie se mete con él. ¿No quiere beber algo?

Transcurrió un mes hecho de días y noches tranquilos, cuyos puntos culminantes fueron dos visitas de Lucrecia —una de ellas, acompañada de su madre, quien me regaló unos pasteles de elote, los que han pasado a formar parte de mi dieta— y la excursión que hice, guiado por el hermano menor de Lucrecia, a las cavernas de Kolom Ha, donde hallamos una vasija de barro, sin decoraciones, rota en cuatro pedazos, y un cuchillo de obsidiana.

No tenía nuevas de la capital, y aunque esto me permitía mantener en el olvido mi pasado y hacer vida normal, el silencio de María Luisa me inquietaba.

Por fin recibí noticias. Su carta decía así:

> Me alegra saber que las horas que dedicamos al estudio de mi lengua no han resultado infructuosas, y que el instrumento que se forjó con mi ayuda le haya servido para hacer suyo ese pequeño pedazo del mundo. Créame que saberlo allá ha hecho más triste mi destierro. Sin embargo, mi amistad con usted y la familiaridad que he llegado a sentir con los objetos de su casa, son un refugio que me permite sentirme bien en esta ciudad grande y violenta. Es un sitio vil, al que la gente como yo acude por un impulso ciego. Usted ha vivido aquí toda su vida, y tal vez le parezca que exagero, y no obstante yo creo que ha tenido mucha suerte al haber sido obligado a emigrar a Blue Creek.
>
> Su sustituto se comportó aceptablemente. Él creía haber alcanzado, como por milagro, todo lo que quería: una casa en este presti-

gioso barrio, con su biblioteca, su aparato de música y su televisión, y —cómo no— su sirvienta. Pues en caso de que alguien pudiera comprobar la presencia de usted en esta casa, serví a su sustituto como si hubiera sido el patrón. Aunque yo sabía que él se llevaba la peor parte. Se convirtió en la víctima de sus propios sueños. Palidecía visiblemente, y había engordado. Sólo una vez no regresó en toda la noche, y lo amenacé con no volver a dejarle entrar. Esta amenaza, que no hubiera podido cumplir, surtió efecto, porque no volvió a ausentarse de esa manera; lo que prueba que estaba plenamente satisfecho de estar aquí, en el lugar del que usted, más sabio, decidió alejarse.

Fue asesinado a puñaladas en la bañera por un hombre que se hizo pasar por inspector de aguas.

Le mando la esquelita que anuncia su muerte.

En efecto, la esquela anunciaba mi muerte. Guardé la carta y salí a caminar. Fui a casa de Lucrecia. Estaba en la tienda, detrás del mostrador.

—Voy a quedarme a vivir aquí más tiempo del que creía —le dije.

Su hermano menor entró, dio los buenos días y pasó al otro lado del mostrador. Lucrecia salió a la calle.

La seguí. Caminamos juntos, pero en silencio, hasta las últimas casas del pueblo. Sopló una ráfaga de viento frío —era diciembre— que deshojó las ramas de un árbol de la cera. Lucrecia no me miraba, no quería mirarme.

—¿Te ha escrito María Luisa? —le pregunté.
No respondió.

Por el otro lado del camino pasaba Domingo, cabizbajo, con aire triste.

Tú y yo, pensé.

EL CERRO

*Un santuario había sido construido en des-
poblado. De noche, oculto por la niebla, un
hombre lo visitó. Lejos de ahí, en una aldea, los
viejos sin barba bebían. Con los ojos velados
(era el trago) recordaban una crucecita y las
candelas, la rápida sangre del cerdo cortado en
pedazos, su corazón, enterrado bajo el charco re-
dondo en el centro del templo, los cuatro mon-
tones de carne en las cuatro esquinas, la medianoche, la bruma, y la cabeza (del cerdo) enfren-
te de la ermita.*

*«Para que las paredes no se caigan», decían los
ancianos.*

*«Para quitar la mala suerte.» «Para que no
pase nada.»*

Mientras un muchacho preparaba el fuego,
salí al jardín y fui hasta la pila de piedra. Sobre
las madreselvas en flor volaba un colibrí. Una camarera se acercó a preguntarme si quería comer.
Habían tenido un gran almuerzo y la cocina todavía estaba abierta.

—Hay lechón preparado.

Decliné, porque no me gustaba el lechón, y
menos «preparado», o reventado, como lo llaman otros. Hacen un torniquete en el sexo de un
cerdito y le dan de beber agua y boj en abun-
dancia, hasta que muere de anuria, envenenado

con sus propias toxinas. La carne adquiere un regusto de riñones al vino, y hay quienes aseguran que debe comerse antes de hacer el amor. Yo he comprobado sus propiedades diuréticas, y la sed que ocasiona.

Volví a mi habitación, donde la leña comenzaba a arder, y me senté en la cama. Fui al baño y me miré en el espejo, contento de estar en Etzemal.

Eran las cuatro cuando salí a la calle y me dirigí a casa de doña Concepción, una vieja amiga que estaba convencida de que pronto iba a morir. Hacía unas semanas me había escrito, para decirme que quería verme.

Gloria Dolores, la sirvienta, me abrió la puerta. Esto no dejó de extrañarme, porque en casa de la señora Togeby todo solía suceder siempre de la misma manera, y quien abría la puerta era don Anastasio, el mayordomo. Gloria Dolores me condujo a través de dos patios, por un sombrío corredor, hasta el salón principal, en penumbra. La cabeza blanca de la vieja, que estaba sentada en un sillón bajo, parecía atraer hacia sí todos los rayos de luz. Era una cabeza bien formada, y las arrugas que cruzaban su frente era bellas arrugas. Tenía un chal de seda gris en los hombros, y la seda jugaba con la luz. Me acerqué a darle la mano. Sus manos eran largas y delgadas, secas y frías.

Un hombre estaba sentado frente a ella, en el sofá. Era bajo, tenía una cabeza esférica y cabello rojizo. Llevaba anteojos redondos sobre una nariz también redonda. Calzaba botas. No se puso de pie.

—Este es —comenzó a decir doña Concepción. Tenía un aire cansado, y en sus arrugas podía leerse la preocupación. Se volvió a mí con una sonrisa, y pronuncié mi apellido.

—Disculpa, pero todo se me olvida —dijo. Miró al otro visitante—. ¿Cómo se llama usted?

—Soy el pastor Charles Halleck. —Y agregó—: De Kansas.

Lo saludé con un movimiento de cabeza y me senté. Volví a mirar a doña Concepción, y por un instante su expresión me pareció la de una niña a punto de llorar. No me miraba a mí, ni miraba al pastor; sus ojos vagaban entre los dos.

—¿No está don Anastasio? —le pregunté, sólo por decir algo. El pastor Halleck me miró y se sonrió enigmáticamente. Las manos de doña Concepción, que estaban cruzadas sobre su vientre, se alzaron en el aire con una débil agitación, y regresaron a su sitio.

—No sé dónde está —dijo. Volvió la cabeza hacia la puerta. La piel de sus sienes parecía transparente.

El pastor le dijo con un extraño acento:

—Ya le dije que ayer lo vieron en Kinchil. Yo creo que ahora se esconde en esta casa.

—Es absurdo —contestó la vieja, y cerró los ojos.

El pastor negó lentamente con la cabeza, mirando a doña Concepción.

—De todas formas, eso importa poco. Le ha mentido a usted. Usted va a necesitar ese dinero, y yo necesito esas tierras.

Doña Concepción no abría los ojos, parecía inmensamente fatigada. Después de un largo silencio, Halleck se puso de pie.

—Volveré mañana —dijo. Atravesó deprisa el salón hacia la puerta.

Cuando salió, doña Concepción abrió los ojos. La fatiga había desaparecido de su rostro.

—Detesto a ese pastor —confesó—. Me ha hecho mentir, y tú sabes lo que eso me cuesta.

Iba a preguntarle qué mentiras había dicho, cuando don Anastasio apareció a mi lado. Di un pequeño salto de sorpresa y me puse de pie.

—Cómo está, don Anastasio.

El viejo kekchí sonreía, no respondió. Volví a sentarme. Él se sentó en el sofá.

—Tenemos problemas —me dijo.

—¿Problemas?

—Mataron a un muchacho en Bitol, cerca de Kinchil. Le cortaron la cabeza.

—¿Y por qué razón?

—Quién sabe. Je, je.

Su risa me causó miedo. Tuve el presentimiento de que él sabía exactamente por qué.

—Por favor —interrumpió la señora—. Mañana habrá tiempo. —Me miró a mí—. ¿Volverás mañana?

—Si me invita, desde luego.

Cuando salí a la calle, vi un jeep color turquesa estacionado en la otra acera. Al volante, mirando calle arriba, estaba Charles Halleck, el pastor. Lo vi sólo de reojo y eché a andar en dirección a la Posada.

No sé cómo se enteró de que yo me alojaba en la Posada, aunque es posible que me siguiera. Lo cierto es que yo estaba ya en mi cuarto, donde el fuego ardía en la chimenea, tendido en la cama y listo para comenzar a leer, cuando llamó a la puerta.

—Quisiera hablarle —me dijo—, si tiene el tiempo.

Le hice pasar y le ofrecí una silla. Me senté al filo de la cama.

—Estaba allí, el mayordomo, ¿verdad? —El pastor Halleck hablaba el español con dejos de inglés y de kekchí. A su cara le faltaban los labios. Sus ojos eran duros.

—Usted lo vio —le dije.

—No bromeo —dijo el pastor, y movió los ojos—. Ese mayordomo es un asesino. Todo el mundo lo sabe. Corre peligro, la señora. Usted es su amigo, ¿eh? Hace meses que no recibe a nadie más. Tiene que hacerle ver la realidad.

—No la subestime, señor Halleck. Es muy despierta. ¿No quiere venderle un pedazo de tierra? Por qué no. Dinero no le hace falta, como parece creer usted. ¿Pero qué son esas tonterías acerca de que don Anastasio es un asesino?

El pastor tragó saliva audiblemente.

—Envenenó a un hombre que fue a pedirle ayuda, usted sabe, como curandero.

—Oh, eso no es nada. No es nada que pueda probarse, quiero decir. Hace tanto que ejerce el oficio, que se entiende que haya habido algunas... víctimas. Es sólo una especie de doctor. Por lo demás, la gente tiene fe en él.

El pastor hizo una mueca de disgusto y miró al fuego.

—Yo creí que hablaba usted de ese muchacho que decapitaron cerca de la aldea de Bitol.

—¿Cómo lo sabe usted? —Arrugaba mucho la frente, parecía desconcertado.

—Leo la prensa. Doña Concepción, creo, es dueña de esas tierras. ¿Es por allí donde usted quiere comprar?

—Precisamente.

—¿Por qué? Es mala tierra. Además, está bastante poblada.

El pastor me miraba fijamente.

—¿Sabe usted algo acerca de estas cosas? ¿No? De todas formas, es vital para mi comunidad. Por otra parte, significaría una victoria. Si usted comprende el valor que ciertos sitios tienen para ellos. Un cerro, por ejemplo, o una cueva. Levantar en ese sitio un templo cristiano sería asestar un golpe mortal al paganismo de estas tierras. ¿Me entiende? Y eso es precisamente lo que yo quiero hacer.

—¿Por qué? —le dije, sonriendo.

Su silla crujió.

—¡Que por qué! —exclamó. Apretó los puños.

—Yo pensaba que podrían convivir.

Puso las manos sobre sus rodillas.

—Deje que le cuente algo —comenzó—. Ese muchacho que mataron trabajaba en la misión. Era notablemente listo. Su muerte es una afrenta, y veré que se haga justicia. Su abuelo, de todas formas, era curandero en Kinchil, de la familia de don Anastasio. El padre se llamaba Juan Yat. Lo asesinaron hace varios años. El muchacho, Lucas, creció con su madre y el abuelo. Como es costumbre, el viejo comenzó a enseñar al nieto desde muy temprano. Así aprenden el oficio. Lo transmiten de abuelo a nieto, o de suegro a yerno, también. Pero la mujer se oponía. Quería mandar a su hijo a la escuela que tenían los benedictinos en Etzemal. Riñeron a causa de esto. Por fin, la mujer abandonó a su padre y se vino a Etzemal. Pero los benedictinos no aceptaron a Lucas como interno. No tenían lugar. Y entonces vinieron a la misión. Era un excelente muchacho —prosiguió—, inteligente y trabajador. Un poco caprichoso, como todos ellos, pero yo le tenía afecto. Hace una semana o así, me dio un disgusto. Me pidió permiso para asistir a un cuatesiinc cerca de Kinchil, donde acaban de levantar una ermita. Es su ceremonia inaugural. Sacrifican animales y hacen porquerías con su sangre. Se emborrachan, obligadamente. Desde luego, se lo prohibí. Alegó que quería ir sólo por curiosidad. Era don Anastasio quien lo había invitado. Tuve que ser inflexible. Pero Lucas me desobedeció, y la noche del viernes se marchó de la misión.

—¿Anoche?

—No. La noche antes de que lo mataran.

—Y usted cree que don Anastasio tuvo algo que ver con eso.

—Es el único que sabe dirigir un cuatesiinc en toda la zona. Además, ya le dije que la víspera lo vieron por ahí.

—El abuelo de ese muchacho, ¿cómo se llama? ¿No me dijo que también era curandero?

Se sonrió, moviendo negativamente la cabeza.

—Don Pelagio —dijo, y chascó la lengua—. Ha caído en desprestigio. Ha perdido el poder. Está prácticamente ciego. Además, su discípulo, su seguidor, lo abandonó. Por nosotros, lo que es peor. —Su tono se había vuelto jactancioso. Como si se percatara, juntó las manos y miró al suelo con gesto de hombre contrito—. Nadie invertiría en él el dinero para las candelas, el cerdo o el gallo y el boj, cuando tienen a don Anastasio, a quien sí creen eficaz —agregó.

Me levanté para echar un trozo de leña en la chimenea. Hubo una pequeña conflagración.

—Bueno, pastor —le dije, volviéndome a él—. Es posible que tenga razón, que no puedan convivir. Y ahora quisiera decirle adiós.

Su cabeza giró describiendo una órbita mínima, casi imperceptible, como si hubiera recibido un golpe. Se puso de pie y salió de la habitación sin cerrar la puerta.

Quedaba todavía una hora de luz, así que decidí alquilar un auto para ir a ver al curandero de Kinchil.

Sobre Kinchil flotaba una nube grande y roja. Estacioné bajo un aguacate cargado de frutos frente a una casita de adobe en el límite del pueblo. Las sombras del árbol arañaban las paredes de la casa, teñidas de naranja por los últimos rayos de sol. La puerta estaba abierta. Calle abajo, una gallina negra picoteaba el polvo color de crema. Un perro, que no ladró, salió de la casa de don Pelagio y se sentó a pocos pasos de la puerta. Era blanco, con pequeñas manchas pardas y negras. Me miraba y movía la cola, como si estuviera contento. Di unos pasos hacia la casa y llamé: «Ave María.» El perro ladró una vez y, dentro de la casa, alguien tosió. Me acerqué un poco más.

—Buenas tardes —dije.

—Cho'cua' —respondió la voz de un viejo. El perro se levantó, dio media vuelta y volvió a entrar en la casa, dando un ladrido corto y muy agudo. Llegué hasta el umbral y vi al viejo, sentado en una estera de espaldas a la pared de adobe en la casita de un solo cuarto.

—¿Don Pelagio?

—Relic chi yaal. (Así es.)

Entré. El olor del boj, olor a perro mojado, estaba en la habitación. El perro se había sentado al lado del viejo y le lamía la cara.

—Siéntese. —Señaló la estera, y luego dijo algo al oído del perro, que salió otra vez de la casa y se sentó a la puerta.

Me senté en un extremo de la estera.

—Bantiox.

En un rincón del cuarto había una gran olla de barro ennegrecida, levantada del suelo por tres piedras. Las paredes y el techo de palma también estaban negros. No había ventanas. A lo largo de las vigas del techo colgaban promiscuamente varios objetos, cada uno a diferente altura. Sin embargo, en conjunto, el efecto era el de cierto equilibrio, una armonía difícilmente definible, una elegancia preternatural, como si la posición de cada cosa hubiese sido calculada para causar precisamente ese efecto. El viejo callaba. Tenía la boca entreabierta y una baba seca alrededor de los labios. Sacó de debajo de la manta que le cubría las piernas una botella de boj y me invitó a beber.

—Gracias.

Probé el boj, aunque detesto su sabor dulzón. Puse la botella en la estera, y el viejo la tomó para beber. Se secó los labios con el dorso de la mano, se rió. Fue una risa divertida y alegre, pero la verdad es que me inspiró miedo, un miedo absurdo. Le pregunté si sabía que su nieto había muerto.

—Cómo no —dijo. Se puso serio, sin mostrar ninguna emoción, y volvió los ojos, que parecían gasas sanguinolentas, a una vela amarilla que se derretía sobre un grueso anillo de piedra.

—¿Van a velarlo?

—Yo qué sé. Para eso tiene madre.

—¿En Etzemal?

—En Etzemal. ¿Era tu amigo? ¿Te conozco yo a vos?

—Nos hemos visto alguna vez.

El viejo soltó una carcajada.

—¿Yo, ver?

—Soy amigo de don Anastasio. Con él vine a visitarlo, hace más de quince años. No sé si fue en esta casa, tengo mala memoria. Pero recuerdo que hablaron de la muerte de un hombre, por aquí cerca, en Bitol. Quería quitarles unas tierras. ¿No se llamaba Juan? ¿No era su yerno?

Se puso pensativo.

—Sí —dijo—. Juan Yat. Lo mataron en Bitol. —Volvió a sacar la botella y dio otro trago. Se puso a hacer muecas y ademanes, como si hablara con alguien, pero sin decir nada. Sacudió la cabeza y se pasó la mano por la cara—. Sí, fue por la tierra. —Se recostó en la pared y echó hacia atrás la cabeza—. Juan Yat se había casado con mi hija, por ambición, porque quería ser curandero. Había nacido en día viernes, y yo mismo le dije a su madre que llegaría a ejercer. Era muy ambicioso. Esa fue su culpa, su pecado. Nunca llegó a curandero, pero sí a alcalde, y nos quitó esas tierras. Por eso lo mataron.

—¿Y ahora, de quién es la tierra?

Me miró en los ojos, como si no fuera ciego.

—Esa tierra siempre ha sido de todos, nunca ha sido de nadie, el cerro es el señor. Está en medio de la finca de los Togeby, que va de aquí hasta Kahlay. Pero ese lugar es nuestro, no es de nadie. Juan, mi yerno, que ya era alcalde, fue a hablar con el señor, don Togeby, que ya está muerto también. Como él era alcalde y el otro era rico, pudieron arreglar los papeles. El señor Togeby no perdía nada, se quitaba problemas de encima, porque de todas formas allí no se podía trabajar. Juan ganaba prestigio, poder. Con los papeles podía sacar a la gente, y lo hizo.

Quedaba poca luz en el cuarto. Bebí boj. El ciego prosiguió:

—Yo le dije que no estábamos contentos, pero no me hizo caso. Dijo que iba a dar tierra a los jóvenes que quisieran trabajar. Que los viejos como yo no sabíamos hacer otra cosa que quemar candelas y chupar boj. Ellos veían más allá. Después fue Anastasio el que le habló. Tampoco a él le hizo caso. Un día, entre varios lo fueron a sacar de su casa y lo llevaron al cerro de Bitol. Allí donde ahora está la ermita lo cortaron en pedazos.

Don Pelagio bebió más boj.

En Etzemal, después de cenar, me puse a recorrer las calles de un extremo a otro, rodando lentamente. Era una noche tranquila y el rocío giraba en el aire. Hacía poco frío, pero era un frío que penetraba hasta los huesos. Después de barrer seis o siete calles, encontré la casa del velatorio. Un grupo de mujeres vestidas de negro estaban a la puerta, de espaldas a la calle. Cuando entré, tuve la impresión de que todas eran viudas. Aunque yo era un intruso, no me miraron con hostilidad. Dos de ellas, una india entrada en años, la otra mestiza y joven, tenían la cabeza cubierta con mantos blancos, y cada una llevaba una vela encendida. A modo de candelero tenían cuatro hojas de bromelia adornadas con un vuelillo de limonarias blancas. La mujer kekchí, que vestía falda azul, tenía una vela amarilla; la otra, de negro, una vela negra. Sólo ésta lloraba. La mujer kekchí movía la cabeza de un lado a otro, meciéndose ligeramente.

De pronto hubo un ruido de voces en la habitación, y me di cuenta de que otro hombre había entrado. Llevaba turbante rojo y una capa roja también. Era don Anastasio. Cuando pasó a mi lado, vi que sus ojos estaban inyectados de sangre, y en la boca tenía la baba que produce el boj. Pero no vacilaba al andar. Se movía muy lentamente. Se detuvo frente a la madre del muerto, quien no parecía darse cuenta de nada, hipnotizada por su propia voz, que repetía en kekchí: «No está bien, por qué, no está bien.» Don Anastasio pronunció su nombre, y la mujer dejó de mecerse y alzó la cabeza. Lo miró, como extrañada primero, y luego con una expresión de alivio. Él se inclinó hacia ella, que hizo con la vela la señal de la cruz. Don Anastasio se volvió hacia el ataúd. La tapa estaba levantada. Se arrodilló y volvió a ponerse en pie. Sacó de su morral un pollito negro y lo dejó en la caja. Con un cuchillo de obsidiana, fue quitando los botones de la camisa del muchacho muerto, cuya cabeza estaba unida al cuerpo en un ángulo extraño. El pollito corría de arriba abajo sobre el cuerpo, piando sin cesar. La madre observaba el ritual con la mirada fija, pero como ausente. A su lado, la mestiza seguía sollozando.

Mientras conducía de vuelta a la Posada pensé que la presencia de don Anastasio en el velatorio significaba que no le tenía miedo al muerto. Además, la hija de don Pelagio parecía haberlo absuelto.

El cabello suelto, oscuro y muy fino, le llegaba a los hombros. Doña Rita Cunninghame, la dueña de la Posada, nos presentó. Se llamaba Eva Cardoso.

144

—Este señor tal vez podrá ayudarte —le dijo doña Rita, y se disculpó para regresar a la cocina.

Terminé de beber mi café y salí con Eva Cardoso por la puerta vidriera al jardín. Paseamos por el corredor, donde colgaban varias hamacas. Ella se sentó en la última, y se quedó mirando las nubes bajas que comenzaban a cubrir el cielo.

—¡Uy! —exclamó con humor—. Hoy será uno de esos días.

—¿Por qué quieres ver a un curandero? —le pregunté.

Hizo una mueca fea, como si no quisiera responder. Sin embargo dijo:

—Tengo problemas. Mi espalda. —Alzó un brazo y se tocó la nuca—. No me deja en paz.

Le propuse que saliéramos a dar una vuelta antes de que comenzara a llover. Fuimos a Las Islas, y caminamos un rato por la orilla del río. Regresamos al hotel cuando caían las primeras gotas de lluvia. Recogimos nuestras llaves en la recepción y nos despedimos hasta más tarde. Ella iba a darse la vuelta para ir a su habitación, en el otro extremo del corredor, cuando se me ocurrió preguntarle:

—¿Quién te habló de don Anastasio?

Ladeó la cabeza, arrugó el entrecejo y no contestó. Comenzó a girar.

—Un momento —le dije—. Si quieres que te lleve a verlo...

La lluvia había comenzado a caer con fuerza. Eva dio unos pasos, alejándose, y se detuvo para quedarse viendo las cortinas de agua. Me miró por encima del hombro y me invitó a seguirla. Fuimos a su cuarto. Me senté en un taburete y ella se sentó en la cama. Había dejado la puerta abierta y de tiempo en tiempo entraba una bocanada de aire húmedo y frío. En la pared había manchas verdes de humedad.

—¿Qué importa, quién me habló de él?

—Él querrá saberlo.

—La sirvienta de mi madre. Su ex sirvienta, más bien.

—¿Es de por aquí?

—Sí. De Kahlay. La contratamos a través de la misión. Un mal negocio, si quieres saberlo. Aunque ella era muy buena muchacha. ¡Pero el pastor! *In-so-por-ta-ble.* Se metía en todo. Cuando se enteró de que la pobre había ido a ver al brujo, fue hasta la capital por ella. Regañó a mi madre como nadie lo había hecho desde que yo recuerdo. Que había violado el contrato que decía que tenía que velar por el bienestar espiritual de sus sirvientes, y que era un pecado imperdonable poner a una mujer ignorante en manos de un charlatán. Todo porque fue mi madre quien le prestó dinero para pagarle al brujo. En fin, prácticamente la raptó a Lucía. Así se llamaba. Se la trajo de vuelta a la misión.

—¿No hubieran podido retenerla?

—Supongo que sí. Pero ella no dio señales de querer quedarse. Tenía problemas con su amante, un hombre de la capital. Parece que le pegaba. Además, había otro hombre en Kahlay. Un novio. No sé en qué habrá terminado. Probablemente sigue en la misión. La última vez que le hablé estaba muy triste. La tenían viviendo en una choza, separada de todas las demás.

Cuando cesó la lluvia, di una vuelta por el parque. Pasé frente a la comisaría y la catedral, entré en la municipalidad. Era la una; el guardia de

146

turno estaba almorzando. Tenía sobre su escritorio un diario extendido a modo de mantel. Comía una tortilla con frijoles negros.

—Quiero ver el catastro —le dije.

—No es hora.

Puse un billete de veinte quetzales sobre el escritorio.

Atravesé el vestíbulo y seguí por un pasillo oscuro. La oficina de catastro era un cuartucho con una sola ventana, alta y angosta, con anaqueles de madera picada, con olor a polvo y a papeles húmedos. Varios volúmenes con litografías, minuciosas notas y planos: fosos y vallas, corrientes de agua y mojones, grupúsculos de chozas. En el cuaderno de la finca de Bitol estaba reseñado un cerro simétrico —de origen kárstico, de cuarenta metros de altura entre la cima y la base— con una barranca por el lado norte y un arroyo y una aldea por el sur. Pero faltaban algunas hojas, que habían sido arrancadas. En el último folio estaban los nombres de Juan y Lucas Yat.

Almorcé deprisa en el parque, en un puesto de comida. Luego fui por el auto y me puse en camino de Bitol. Las nubes estaban tan bajas que con alzar la mano podían tocarse sus enormes barrigas. El asfalto mojado, de puro negro, parecía azul. En Kinchil me desvié del camino para ir a casa de don Pelagio. Quería pedirle permiso para visitar la ermita.

La puerta de la vieja choza kekchí estaba cerrada a la manera indígena, con un pedazo de cordel. No llamé, pero el perro del ciego arañó la puerta desde el interior. Cuando comencé a alejarme, el animal se puso a gimotear; parecía una persona. Me detuve y miré para atrás. La puerta se movía, y vi la pata del perro que asomaba y alcanzaba el cordel: la puerta se abrió de par en par y el perro salió. Corrió hacia mí, describió un círculo a mi alrededor, ladrando de contento. Luego fue directamente al auto. La ventanilla de mi asiento estaba abierta, y el perro saltó dentro.

Cuando abrí la portezuela y traté de hacerle salir, gruñó de un modo claramente hostil, me mostró los dientes.

—Está bien —le dije. Di la vuelta alrededor del auto y subí.

El perro saltó al asiento de atrás.

Más allá de Kinchil, el camino es de una arcilla roja y pegajosa. Sobre un recodo del camino, que subía serpenteando por la cañada, alcancé a ver el caserío, con el humo sobre los techos de paja. Una fina llovizna se arremolinaba en el aire como un gas. Las nubes se desplazaban rápidamente, y en el paisaje del color del musgo ocurrían constantes cambios de luz. Por el fondo de la cañada corría un arroyo, de vez en cuando se oía el ruido del agua.

El caserío parecía desierto. Las puertas de las chozas estaban cerradas. Detuve el auto en medio de la plaza, que era muy pequeña, sintiendo que cometía una intrusión. El perro saltó fuera del auto y se puso a correr de arriba abajo. Atravesé la plaza y seguí con el perro, que iba y venía corriendo en espirales, por el sendero que bajaba hacia el arroyo.

Del otro lado de la cañada vi la ermita blanca, por encima de los árboles negros y grises. Cruzamos el arroyo, que bajaba haciendo espuma sobre un lecho de piedras. Más allá de una milpa joven comenzaba un bosque de kaxté. Aquí, el perro dejó de juguetear, y se fue al trote delante de mí. En el barro rojo del sendero había huellas de botas que la lluvia aún no terminaba de borrar. El perro se detenía a husmearlas. Se oyó el ruido de una rama al desgarrarse, y un pájaro que gorjeaba calló, mientras gruesas gotas destilaban de los árboles.

A la otra orilla del bosque había una hondonada, y más allá, en lo alto de un cerro sin árboles, estaba la ermita. Una calzada bastante ancha y recta ascendía hacia la puerta, que estaba abierta. Subí casi corriendo detrás del perro. Frente a la puerta había un pequeño montículo cubierto de cenizas y plumas negras: mal augurio. Del interior de la ermita salió volando bajo un zopilote, y luego otro, y el perro ladró y dio un salto. Dentro de la ermita había un fuerte olor a óxido. En el centro del recinto había otro montículo, cubierto también de cenizas y plumas negras, y en las esquinas había pequeñas pirámides de guijas. El estuco de las paredes estaba todavía húmedo; el techo tenía vigas de pino rollizo.

Al entrar, el perro fue directamente al centro, y se puso a escarbar. La tierra estaba floja, húmeda con sangre. Me arrodillé al lado del perro, que seguía escarbando. Apareció por fin el corazón del cerdo, como una enorme pasa negra. El perro gruñía, y con el hocico hurgaba la tierra, hasta que encontró un objeto duro. Alargué la mano y lo toqué. Estaba clavado en la tierra. Era el mango de un machete. Tiré de él. Aparté al perro y volví a hincar el arma en la tierra. Puse el corazón encima y lo cubrí con el barro sangriento, con las cenizas y las plumas negras.

Camino de vuelta a Kinchil, me encontré con la gente de Bitol que volvía del mercado. Delante venían los hombres, algunos bastante borrachos; los seguían las mujeres con la carga y los niños.

En Kinchil, volví a encerrar al perro en la choza del ciego y anudé con fuerza el cordel. Se quedó dando aullidos quejumbrosos.

El pastor Halleck estacionó su jeep detrás de mi auto frente a la casa de doña Concepción.

—Pastor —le dije, después de llamar a la puerta—, ¿sabe por qué mataron a Juan Yat?

—Buenas tardes —respondió, sin mirarme.

—Fue por esas tierras que usted insiste en poseer. ¿Lo sabía? Debería dejarlos en paz.

Gloria Dolores abrió la puerta y nos condujo por el corredor hasta el salón principal. Doña Concepción estaba sola, sentada junto al fuego en su sillón.

—¿Han venido juntos? —preguntó, asombrada.

—No, no. —Nos sentamos.

—¿No está Anastasio? —preguntó el pastor.

—¿Quería verlo? —dijo la vieja, con aristas de impaciencia en la voz. Llamó a Gloria Dolores, que se alejaba hacia la puerta—. Dile a Anastasio que pueden pasar.

—¿Pueden? —dije por lo bajo.

El pastor me miraba con aire de suficiencia. Se oyeron ruidos de pisadas, crujidos de caites. Don Anastasio entró primero. Vestía una chaqueta de lana negra con cinturón. Andaba con dignidad, sin mirar a nadie. Luego, guiado por un niño de pantalones blancos y camisa granate, entró don Pelagio, seguido de dos indios corpulentos con sombreros de alguaciles.

Observé al pastor. Sus orejas estaban ligeramente echadas hacia atrás, como las de un animal asustado; por lo demás, su rostro carecía de expresión. De pronto, miró a su alrededor y se puso de pie.

—Vine a hablar con usted, señora, y con don Anastasio —protestó—; no con esta comitiva.

Doña Concepción miró a los alguaciles.

—Estos señores han venido de lejos —dijo—. Yo misma los he invitado. Van a celebrar una especie de juicio. Si lo desea, pastor, puede irse. Fallarán en su ausencia.

El pastor se rió con desprecio, volvió a sentarse.

—¿Me acusan de algo?

La vieja dijo en tono informal:

—Oh, de varias cosas. Calumnia. Intento de usurpación, ¿homicidio tal vez?

El pastor me miró con hostilidad. «*This is a farse*», dijo entre dientes.

Hubo un intercambio de frases cortas, formales, entre los alguaciles y don Anastasio. Éste se puso de pie y dijo en español:

—El extranjero ha dicho que soy responsable de la muerte de Lucas Yat, el hijo de Juan Yat y nieto de don Pelagio, aquí.

Don Pelagio asintió con la cabeza.

El pastor se inclinó hacia adelante para agregar:

—Y también de la muerte de un hombre que vino a pedirle ayuda. Porfirio Guzmán era el compañero de una empleada mía, y estoy seguro de que usted lo envenenó. Por supuesto, no tengo pruebas.

Los alguaciles, dos hombres de barro con ojos de piedra, miraron a don Anastasio, quien se defendió:

—Fue su empleada la que me encargó que

destruyera a ese hombre. No lo envenené. Dije las oraciones, y el hombre murió. El cerro es el que mata.

Don Pelagio interrogó al pastor.

—¿Qué ganaba él con matar a Lucas?

—No sé. Pero Lucas lo consideraba su enemigo, decía que era culpable de la muerte de su padre. A usted tampoco lo quería. Por eso los dejó y buscó refugio en la verdadera fe.

Don Anastasio negó enérgicamente con la cabeza.

—Lucas Yat vino a verme hace pocos días —comenzó a decir con voz clara—. Iba a dejar al pastor. Eso mismo le había dicho a su madre. Había decidido volver a vivir con nosotros, convertirse en lo que debía ser, en curandero. Yo me puse contento, y le di cita en Kinchil. De esto hace cuatro días. Allá nos vimos de nuevo, hablamos y bebimos boj. El cura de Kinchil acababa de bendecir la nueva ermita de Bitol, pero faltaba nuestra bendición. El rezador de Kinchil murió hace un año, y no había quien hiciera el cuatesiinc. Yo le dije a Lucas que él podía hacerlo. Los cofrades estuvieron de acuerdo. Allí mismo le dieron el machete, y fuimos a buscar un lechón. Le expliqué cómo se hacía todo, cómo se rezaba y cómo se mataba, aunque él lo sabía muy bien. —Le clavó los ojos al pastor, que estaba quieto, hundido en su sillón—. Todo quedó acordado. La noche del viernes fue acordada.

Don Pelagio golpeó el suelo con su bastón.

—Mi nieto no hizo ese cuatesiinc —declaró—. Quiso hacerlo, tal vez. Tal vez no pudo. Hoy, en el camposanto, las señales decían que él mismo se mató.

—¡Cómo! —exclamé.

Doña Concepción me miró con dureza.

Se produjo un largo, inexplicable silencio. Por fin, uno de los alguaciles se puso de pie y comenzó a hablar. Me costaba mucho comprenderle. Era un discurso formal. La palabra vergüenza, en español, se repetía una y otra vez. Dejé de escuchar, pensando en que quizá, con don Pelagio, creía en el inverosímil suicidio de su nieto porque le parecía la justa expiación de su deslealtad.

Don Anastasio dijo:

—El extranjero quiere apoderarse del último cerro. ¿Lo permitiremos?

—No —dijeron los alguaciles.

—No —dijo don Pelagio.

—Esa tierra es de doña Concepción —protestó el pastor—. Si ella quiere vendérmela, la compraré.

—Esa tierra era de Lucas Yat, que la heredó de su padre —dijo doña Concepción—. Los dos están muertos. ¿Ahora la tierra es mía? Pronto yo también estaré muerta. —Tosió—. Voy a cedérsela, pastor, con una condición.

—Adelante —dijo el pastor, sonriente.

—Se la doy a usted, no al Dulce Nombre. Y a condición de que, si usted muriera, este señor —me indicó a mí con la cabeza— será, como propietario de esa tierra, su sucesor.

—Pero... —protesté—, yo no he dicho...

—Calla, por favor —me reprendió la vieja.

El pastor se puso de pie.

—¿Me parece que hemos terminado? Vendré mañana, para cerrar el trato. —Se dio la vuelta y anduvo hacia la puerta.

Cuando los alguaciles, don Pelagio y su lazarillo se hubieron marchado, Gloria Dolores trajo una bandeja con tamales y café.

—Disculpa que te hiciera callar —me dijo doña Concepción.

Me encogí de hombros.

—No es nada. La verdad, me encantaría ser un día dueño de esas tierras. —Me reí, y don Anastasio dijo:

—Ese día puede llegar.

—¿Cree de verdad que Lucas se haya suicidado? —le pregunté.

—¿Por qué no?

—¿No fue degollado?

—Oh —dijo doña Concepción—, eso se puede hacer.

Don Anastasio se pasó la uña gruesa y agrietada del pulgar por el dorso de la mano.

—¿Quién era ese hombre que dice el pastor que usted envenenó? —le pregunté después de tomar un bocado de tamal.

Doña Concepción había cerrado los ojos y comenzaba a roncar, muy débilmente.

—Hace algunos meses vino a verme una criada de Kahlay que trabajaba en la capital. Se había metido con un hombre de allá, pero quería dejarlo porque la maltrataba.

—¿Cómo se llamaba?

—¿Quién, Lucía?

—¿No era la que estaba en el velorio con la madre de Lucas?

—Sí. ¿Estabas allí? No te vi. Cuando le pregunté qué quería que hiciera, me dijo que lo hiciera desaparecer. Me dio una foto del hombre.

Me dijo dónde vivía. Un día que fui a la capital lo visité. Bastaba con oír su voz para saber que estaba muerto. Al volver aquí dije mis oraciones y quemé la foto con un poco de polvo. Estaba algo dudoso, porque era fuerano, pero funcionó. Hace una semana, la mujer volvió —siguió diciendo después de una pausa—. Estaba cambiada, como envejecida. Había perdido su empleo y estaba viviendo en Kahlay. Me dijo que el pastor le alquilaba un cuarto en la misión, y que su hombre se había venido detrás de ella. Había estado muy enfermo, pero ya estaba un poco mejor. El aire de Kahlay lo había mejorado. Y se había convertido en... bueno... evangélico. La mujer quería que yo deshiciera lo que había hecho y que lo dejara en paz. Pero no se puede desandar lo andado, le dije. Quedamos pocos en mi oficio —agregó con cansancio—. Lo que pasó, pasa cada vez más a menudo. El hombre, Guzmán, vino a verme el viernes, buscando ayuda. Le dije que no podía hacer nada. Insistió, y le di unas yerbas para calmar el dolor.

Doña Concepción abrió los ojos.

—Esa noche murió —dijo don Anastasio.

La misión del Dulce Nombre se encontraba en un sitio estratégico, a la cabeza del joven valle de Kahlay. Los tres caminos que atraviesan el valle convergen allí, luego atraviesan el pueblo, y vuelven a separarse para continuar hacia otros valles más allá. El pequeño pueblo de Kahlay, la mañana cuando lo divisé desde el camino de Etzemal, ocultaba su fealdad de techos de lámina con un velo de nubes muy bajas que jugaban con la luz. La misión era un conjunto de edificios blancos dispuestos en dos filas —una hecha de grandes galeras; la otra de pequeñas viviendas— rodeados por una valla de tela metálica. Cerca de la entrada estaba el templo, de armadura inglesa. Hacia el sur había una extensa huerta y, más allá, trigales verdes flanqueados por hileras de cipreses. A la entrada, en una garita, estaba un guardia vestido de paisano, con una escopeta.

Bajé la ventanilla del auto, y el guardia salió de la garita.

—¿Está el pastor?

Abrió el portón y señaló la oficina, una casita blanca a la derecha del templo. Frente a ella estaba el jeep del pastor. Estacioné a su lado.

—¿Y qué clase de empleada tenía en mente? —inquirió el oficinista, un indio joven con gruesas gafas y voz meliflua.

—Nada muy especial —le dije—. Una que pueda soportar la vida de la capital.

—Eso no es problema. —Sacó de un cajón de su escritorio una carpeta y la abrió frente a mí—. Puede escoger.

—Ésta —dije, después de pasar algunas hojas, cuando encontré la foto de Lucía.

El oficinista hizo un impreciso gesto de enfado.

—Bueno —dijo—. En realidad... Hay tantas otras.

—¿Qué ocurre?

—Esa mujer. Tendría que consultar con el pastor. ¿No le interesa otra?

—Si hay complicaciones, olvídelo. ¿Está el pastor?

—Está almorzando.

Volví a abrir la carpeta. Estuve hojeándola un rato, la cerré.

—Bueno —dije—. No puedo decidirme ahora. Volveré otro día.

El oficinista se puso de pie.

—Aguarde un momento. Ya vuelvo. —Rodeó el escritorio y salió de la oficina. Me levanté y fui hasta la puerta. Lo vi caminar hacia el primer edificio de la fila de galeras, de cuya chimenea salía una columna de humo gris.

Atravesé la calzada y pasé entre dos galeras. Valle abajo las nubes, blancas y esponjosas, avanzaban como arrastrándose por el costado de los montes.

Seguí por un sendero a través de la huerta hasta donde comenzaban los trigales, y donde había una choza kekchí. Me detuve a la puerta y llamé. Apareció Lucía, mirándome con desconfianza.

—Quisiera hablarte un momento —le dije.

—¿Quién es usted?

Le dije mi nombre, mencioné a Eva Cardoso, a don Anastasio. Se dibujó en su boca una sonrisa desengañada, amarga.

—Pase.

Sobre una mesa de pino en una esquina había una estufa de gas, y junto a la estufa, un plato de frijoles a medio comer. Un gato anaranjado dormía sobre un taburete, y Lucía lo empujó suavemente. El gato despertó con un gruñido, saltó al suelo.

—Siéntese. Y disculpe. —Miró a su alrededor. Se sentó en el otro taburete, de espaldas a la pared. Apartó el plato y me miró—. ¿De qué me quiere hablar?

Del otro lado de la choza había un tabique de chapa que no alcanzaba a ocultar un viejo camastro de hierro.

—¿Puedo ser directo?

Arrugó el entrecejo, apretó los labios.

—¿Sabes cómo murió Lucas Yat?

Negó enérgicamente con la cabeza.

—¿Pudo haberse suicidado?

—¡No! —exclamó con indignación.

—Entonces, alguien lo mató.

—Claro que alguien lo mató. ¿Pero a quién le importa?

—Supongo que a ti, más que a nadie.

Miró al suelo y asintió con la cabeza.

—Murió decapitado.

—Lo sé —dijo, y contuvo el llanto.

—¿Quién pudo hacerlo? ¿Por qué? ¿No crees que el pastor tuviera algo que ver?

—No, no. ¿Cómo? ¿Pero qué es esto? —se sonrió.

—Estás segura de que no fue suicidio, y de que el pastor no tuvo nada que ver. ¿Es que sabes algo?

Me clavó los ojos.

Me puse de pie.

—¿Qué me dices de Porfirio Guzmán? —le pregunté. Di unos pasos por la choza.

Era una choza muy pequeña, pero las paredes, con su gruesa pátina de tizne, se percibían como a través de un velo y se alejaban en una distancia imaginaria, de modo que el espacio entre los muros parecía muy amplio. Sentí la presencia de Lucas: un oscuro aleteo.

—Estábamos aquí —comenzó a decir Lucía, con la mirada fija en el centro de la mesa—. Ésta era la casa de Lucas. Nunca quiso vivir en las que hizo el pastor. Yo había venido a verlo. ¿Pero por qué le cuento todo esto a usted? —Agitó la cabeza, sin alzar los ojos para mirarme; yo no dije nada, no me moví—. Tenía que decirle que quería irme con él cuando dejara la misión. Pero tenía que esperar a que Porfirio estuviera curado. El pobre... Esa tarde había ido a ver al brujo. Lucas estaba aquí —señaló el taburete en que yo me había sentado hacía un momento—, estaba muy bravo. Me dijo que le habían robado un cerdito, que no hallaba su machete, cuando entró el otro. Y tenía un machete. Ya lo traía levantado, y de un solo golpe le cortó la cabeza. Me hubiera matado a mí también, creo, pero en ese momento vino el pastor. —Volví a sentarme frente a Lucía, que se pasó las manos por la cara y me miró—. Porfirio le entregó el machete y le dijo, «Es suyo, pastor».

—¿Era el machete de Lucas?

—No.

La voz de Lucía se cortó súbitamente, sus ojos, muy abiertos, miraban por encima de mi cabeza. Antes de darme la vuelta, oí la voz del pastor:

—¿Con qué permiso ha venido usted aquí?

Me puse de pie. Detrás del pastor estaba el guardia que había abierto el portón. Me apuntaba con la escopeta.

—Con permiso —dije. Pasé entre el pastor y el guardia hacia la puerta. Recibí un fuerte golpe en la nuca que me hizo perder el sentido.

Desperté en el cuarto de Eva Cardoso, en la Posada de Etzemal —reconocí las manchas de humedad en la pared. Además, oía su voz. Había dos mujeres en el cuarto. Tardé en darme cuenta de que la otra era Lucía. Volví la cabeza y las paredes giraron. Vi a Eva, vestida de azul en el fondo de la habitación, junto a la ventana. Lucía se inclinó sobre mí y me ayudó a incorporarme, acercó a mis labios un vaso de agua con miel. Eva me puso dos almohadones a las espaldas.

Intenté hablar, pero un intenso dolor de cabeza me lo impidió.

—Fui a la misión a buscarla a ella —dijo Eva—. Te andabas con tantos misterios acerca de ese brujo, y además quería saber cómo le iba. Y mira.

—¿Quién me golpeó? —le pregunté a Lucía.

—El pastor.

—¿Cómo?

—Con la mano cerrada. Así.

—De veras. ¿Y luego? —proseguí con dolor.

—Yo me salí de la casa y corrí hacia las galeras. En el portón vi el carro de doña Eva, y seguí para allá.

—Sí —dijo Eva—. Yo los socorrí.

—Oh.

—Le pegaron al señor, me dijo Lucía. No sé cómo supe que se trataba de ti. El candado estaba puesto. Le di a la puerta con el carro, suavecito, y la cadena se rompió. Con Lucía me fui hasta la choza. El pastor y el guardia me detuvieron en el camino. Lléveselo a su amigo, me dijo el pastor. Y no vuelvan a poner los pies aquí. O veré que los castiguen, ¿okay?

Si el pastor no me hubiera dado ese golpe, quizá yo no me habría confirmado en mis sospechas, pero ahora estaba seguro, no sólo de que él había empujado a Guzmán a asesinar a Lucas, sino también de que había llevado el cadáver al cerro de Bitol. Tuvo que ser él quien llevó a cabo el cuatesiinc y quien enterró el arma en el centro de la ermita. Pensé que no lo había hecho simplemente con el fin de ocultar el instrumento. Como todos los fanáticos, era supersticioso: de una manera mágica, quiso herir de muerte al cerro.

Mientras Lucía le contaba a Eva su historia amorosa con Lucas, volví a quedarme dormido.

Tres días más tarde volví a visitar a doña Concepción. Estaba en su dormitorio, donde la luz entraba desde un patio menor, filtrada por las hojas de una mata de bambú. Yacía cubierta con ropas blancas en su gran cama. Tenía cerrados los ojos y sus manos descansaban a sus costados. Don Anastasio se inclinó sobre ella y le dijo al oído que yo estaba allí. La vieja abrió los ojos.

—Acércate —me dijo.

Me arrodillé junto a su cama.

—Me alegro de verte. ¿Ves que era cierto que iba a morir? Sólo mírame. —Ahora tenía los ojos cerrados—. Tantas cosas han pasado. Espero que todo sea para mejor. Me has ayudado mucho, lo sabes. Le cedí el cerro al pastor. ¿Crees que hice mal? Anastasio estuvo de acuerdo. Ayer firmamos los papeles. El cheque de la misión está allí. —Señaló la mesita de luz, donde había varios papeles. Se sonrió—. Supongo que es bueno. Es para la madre de Lucas. ¿Cómo está tu quijada? ¿O fue en la nuca? Esa chica, Eva, me lo ha contado todo. No creo que te convenga, ¿eh? Pero no me dejes hablar más. —Respiró profundamente, me agarró la mano y apretó con fuerza.

Me puse de pie y salí con don Anastasio al corredor. Caminamos hasta el último patio, donde estaban los sinsontes.

—El viernes por la tarde es la toma —me dijo don Anastasio—. En Bitol. ¿Vas a venir?

Dije que iría. Estuvimos un rato escuchando los pájaros, y le pregunté:

—Después del cuatesiinc, ¿qué se hace con el machete?

—Se devuelve al custodio de la cofradía.

—El que se supone que usó Lucas, ¿saben dónde está? —le dije, con un ligero tono interrogativo.

Un profundo triángulo de arrugas se dibujó en su frente.

—¿Dónde?

—Está en el cerro, enterrado en el centro del templo, bajo el corazón.

Una expresión de asombro, seguida por otra de incredulidad. Luego, le vi palidecer. Dijo:

—Inc'a us.

—Fue el pastor, don Anastasio. Tuvo que ser él.

—Inc'a us —repitió el brujo—. No está bien.

Estacioné frente a la tiendecita, que estaba abierta aquel día, en la plaza de Bitol. Una niña kekchí bajó corriendo de una de las chozas principales, se metió en la tienda y la cerró. Comencé a caminar hacia el arroyo. En el cielo había retazos de un azul muy profundo, las nubes no se movían. Los pájaros gritaban en el bosque de kaxté.

Más allá del bosque, en el fondo de la hondonada, me pareció oír voces. Subí el cerro sin árboles hasta la ermita. No se veía a nadie, más que a los zopilotes posados en círculo a la puerta del templo. Alzaron ruidosamente el vuelo.

De pronto sonó un tambor: tocaba a un tiempo lento. Una pequeña comitiva emergió del bosque. Andaban muy despacio, al ritmo del tambor. El pastor resaltaba entre el grupo, no sólo por la estatura y la vestimenta, sino por sus movimientos. Andaba doblado hacia adelante, torpemente. Delante venía un mayordomo, flanqueado por dos mandatarios; detrás, dos alguaciles que traían al pastor sujeto por los brazos, y por último, el niño del tambor.

Vestían ponchos negros, ceñidos a la cintura con fajas rojas; no llevaban sombreros, sino tocados negros, y todos iban descalzos. Todos, menos el niño, llevaban máscaras de hombres blancos.

Cuando subían los escalones al pie del templo, los alguaciles levantaron en peso al pastor, y así lo llevaron hasta el montículo frente a la puerta. Allí lo soltaron, y el tambor dejó de sonar.

El pastor Halleck apenas se tenía en pie. Con las rodillas juntas, se arqueó como si fuera a vomitar. Uno de los mandatarios, un viejo a juzgar por sus manos, destapó la jícara negra que llevaba colgada al cuello y se acercó al pastor, mientras los otros indios se colocaban en círculo. El pastor abrió la boca como un hombre sediento y sacó una lengua tostada, color café. El indio dejó caer un poco de agua sobre ella, y el pastor dio lengüetazos y bebió con avidez.

El principal y los mandatarios hablaban igual que actores de un antiguo drama, en una incomprensible mezcla de latín y kekchí. El pastor había caído en una especie de sopor. Tenía los ojos abiertos y la mirada perdida. Respiraba dando suspiros. Sufría de ataques de hipo. De cuando en cuando, sin embargo, parecía despertar, mira-

163

ba a su alrededor. Una vez me vio; me clavó la mirada, perplejo. «¿Usted?», dijo. Su cara estaba hinchada hasta la deformidad. Tenía la frente pálida, brillante, y sus labios comenzaban a agrietarse. Sus ojos azules, muy inyectados en sangre, eran dos flores raras.

Ahora hablaba un alguacil. «Así fue —decía—. Encontramos el machete. Allí estaba enterrado.» Calló, y se produjo un largo silencio. Los zopilotes volaban en lo alto, aparecían y desaparecían entre las nubes.

El pastor hipaba. Los pequeños espasmos deben de haberle causado un dolor intenso, pero parecía un hombre que trata de contener la risa; apretaba las rodillas, como si fuera a orinarse. Podía oírse cada contracción, un ruido que provenía del diafragma. Era como un rebuzno.

El viejo de la jícara observaba al pastor, que comenzó a sudar copiosamente. El hipo había cesado, y el pastor dejó de respirar un momento, para luego dar una serie de suspiros cortos. Sus ropas, su cara y hasta su cabello hirsuto estaban empapados en sudor. El viejo retrocedió dos pasos, y el principal tomó su lugar. Tenía una vara sinuosa a modo de cetro, con pomo de plata y forrada de tela negra. Con la punta de la vara, tocó el vientre del pastor. Presionó. Encorvándose, el pastor vomitó un espuma amarillenta sobre el montículo negro. Jadeaba cuando terminó, y el viejo de la jícara se acercó y volvió a darle de beber.

De pronto el pastor comenzó a hablar. Era imposible comprenderle, aunque sus oraciones parecían coherentes. Al terminar una, a veces se reía, como si se diera cuenta de que sólo absurdos podía decir.

—Jesucristo. Infierno. Amigo.

—Agua —dijo en kekchí—. Más agua.

El viejo de la jícara le puso un dedo en la frente. Una huella blanca quedó allí cuando el viejo retiró el dedo, después de oprimir, y permaneció visible durante un rato que el silencio hacía interminable.

—Ha sido juzgado —dijo el principal—. Quiso matar al cerro, pero el cerro lo ha matado.

De pronto, todos a un tiempo, se volvieron hacia mí.

—Esta es la conclusión de la vida de un hombre. Que nadie lo vea —dijo el principal. Pero el niño del tambor, impasible, lo veía.

Bajé la cabeza, me aparté del círculo. Vacilé un momento, antes de bajar el último escalón, y miré para atrás. Por el espacio que dejé al separarme del grupo, enmarcado entre los dos alguaciles, vi que estaba hincado de rodillas el pastor, con la fachada de la ermita y el cielo en el fondo. Le habían bajado el pantalón, tenía en el sexo un torniquete de junco.

Aparté la mirada y me alejé cerro abajo. El tambor volvió a sonar, solemnemente. Dentro del bosque un colibrí zumbaba en el aire entre la sombra y las agujas de luz.

El pastor fue hallado muerto al pie del cerro, «sin señales de violencia». Algunos diarios locales atribuyeron su muerte a causas naturales; otros han dado al caso una nota de misterio.

Ahora el cerro es mío, pero el porvenir parece negro. Ha venido a Kahlay, de Kansas, un nuevo pastor. A las dos semanas de su llegada, cuatro indios, todos ellos «no creyentes», dos de Kinchil, dos de Bitol, han sido ahorcados en los árboles del bosque que colinda con el cerro. Don Pelagio, don Anastasio y yo nos preguntamos, qué hacer. Por lo pronto la respuesta es: nada.

Doña Concepción murió en su cama el mismo día que sacrificaron al pastor.

CABAÑA

I

Sentirse como un insecto, como uno se siente aquí, quiere decir ser todo cuerpo; con muy poco seso dentro de la cabeza, pero bastante en las manos, en todo el órgano de la piel.

Los grandes árboles que rodean la vivienda y le proporcionan sombra son una amenaza los días de viento, los días de lluvia.

Curiosamente, vivir aquí, sin ver otro sol que el que se filtra entre los árboles, no me causa claustrofobia.

La energía eléctrica la obtenemos a base de energía animal. En la montaña hay enormes dispositivos acumuladores.

Un muchacho colecta la miel de doncella, que sirve para limpiar los ojos. Una gotita, y uno siente como una luz y un sabor que llega hasta la garganta. También sirve para hacer de boca a los potros. Con la luna tierna, durante dos lunas. Un trapito con la miel se enrolla en el bocado, y el animal se está tasca que tasca el hierro. El «muchacho» que me decía esto, un hombre de cincuenta años, con algo de jockey en el menudo cuerpo, hace movimientos como si tuviera riendas en las manos. *Montar un animal así da gusto, mire usted.*

La desconfianza puede descubrirse en la propia voz. Uno de los dos ha exagerado y el otro lo resiente.

«Lo hice sólo por dinero.» Con este pretexto se le puede vender el alma a Dios, o al diablo.

A veces, de noche, la luz de la veladora es temblorosa a fuerza de conflagraciones de insectos. Una nube de mariposas nocturnas muy pequeñas cae sobre la llama y la cera se va oscureciendo. Esta luz es violenta. La llama crece de pronto, alimentada por la grasa de los insectos. Puede oírse la materia que hierve, y la llama chisporrotea. Pasan varios minutos. La llama ha crecido, y ahora acuden menos insectos. Los últimos en llegar son los más grandes. Un grillo aparece. Salta peligrosamente sobre la llama, y sus alas crujen al quemarse —queda inmóvil más allá de la vela, en el borde de la mesa. Un escarabajo, más directo, se posa en la parte superior de la vela, y se convierte en una luz azul verdosa y en un rizo de humo pardo. Pequeñas mariposas nocturnas se acercan a intervalos cada vez más largos. Hay explosiones como de cohetillos y destellos de colores. Son las últimas luces, antes de que la vela se consuma por completo.

La señora de la vecindad está convencida de que si alguien vive en esta región más de cierto tiempo, se vuelve partidario, no sólo de la pena de muerte, sino del linchamiento también. Su esposo, sin embargo, parece buena persona.

Probablemente el hecho que más me ha parecido premonitorio de la muerte ha sido darme cuenta de que una persona que me gustaba me aburre profunda, infinitamente.

Es increíble que después de tantos favores pagados con desfavores, a veces, todavía podamos confiar en que la justicia prevalecerá.

La luz en la selva una tarde después de dos días de constantes lloviznas y lluvias. Retazos azules entre las ramas.

Y de este bienestar se obtiene un sentimiento de vergüenza y de culpa, por «tener todavía un poco de aire para respirar —como dice Adorno— en el infierno».

II

El hombre que viene a visitarme de tarde en tarde, me decía:

Habíamos salido como a las ocho, y a las once y media caímos en la emboscada. Veníamos en fila, por el trocopás, y los riatazos comenzaron a caer de frente, y al rato también por los lados. Vi a un hombre bajo unas lianas, con su galil. «Allí está el enemigo», le dije al capitán. El hombre a mi izquierda cayó al suelo, retorciéndose, y comenzó a chillar. Yo me tiré al suelo, y rodé hasta la huella del tractor y allí me quedé, mientras los otros echaban punta. El que había caído a mi lado, me pedía que le quitara la carga. Pero yo, ¿cómo me iba a mover? Si no me habían matado porque me daban por muerto. No duró mucho el pobre. Yo no me moví de la rodada; fue duro estar ahí tirado, y yo me daba vuelta de vez en cuando, como el caimán. Ya al final, cerca de las cuatro, se oían gritos en la selva que hacían pensar en borrachos insultándose. ¡Cuques cabrones, ríndanse! Y los otros: ¡Ríndanse ustedes, hijos de la rechingada! Y así, mientras se daban barniz.

Suele tener anécdotas amenas y le gusta las gente que sabe escuchar.

El plan 22 ha resultado ser la solución a una serie de problemas en este distrito fronterizo. Es muy sencillo: se trabaja durante veintidós días y durante ocho, se descansa. (La verdad es que cuando se trabaja se descansa, y cuando se descansa se trabaja.) Los que se atienen al plan, lo cuentan ya sea con orgullo, ya sea como si contaran una cuita. Seminómadas, están a medio camino entre el liberto y el esclavo. En los sitios más alejados hay pequeños campamentos con gente en el plan 22, gente progresista, gente austera; gente alegre, por otra parte, para quienes los problemas caseros están lejos, para quienes la vida es un constante viaje, una aventura.

El plan 22 —cuenta Wilfredo Arita— ha permitido a la esposa de mi tío realizarse como mujer —en los brazos de «otro».

III

Encontraron un hoyo lleno de huesos de venados de cola blanca. Entre los huesos, distinguieron uno que fue fracturado durante el primer año de vida del animal. Algo, que no supieron explicar o que no comprendí, les hizo concluir que los habitantes de este lugar protegían a los venados para sacrificarlos con fines rituales.

Descripción de una estela. Quizá el escultor hace comentarios acerca del personaje que representa. «Los jeroglíficos son fonemas.» Descripción, luego, del momento en que un cincel de pedernal destruye la cara de cierto personaje, y así cambia el sentido de una oración. Enterramiento de la estela y revelación: era una estela falsa, y el artista: un falsificador.

Por qué, cuando sueño, la gente me parece más bella, físicamente, que en la vigilia. Hombres y mujeres. Moralmente, sin embargo, suelen rebajarse en el sueño: las personas «buenas» me parecen solamente sospechosas; y las que en la vigilia me han parecido sospechosas, se vuelven hostiles al soñar, es decir, malas.

Durante largas temporadas —la suma de las cuales asciende a años— me he visto obligado a vivir en hoteles, en casas de huéspedes o en casas de amigos, como invitado. Tal vez en mis cuadernos podrá notarse la presencia, en el cuarto contiguo, de otros huéspedes que me son «con sólo existir» adversos. Una reacción que yo siento como química, pues ocurre en mis vísceras, causada a través del muro por medio del sonido, y una imprecisa reflexión: mi recuerdo de los sujetos vistos en el comedor o en el pasillo.

De las señales que me ha sido dado recibir acerca de lo que soy, el hecho de poder estar solo durante largos períodos de tiempo, me parece la más halagadora. Y sin embargo, la necesidad de estar solo que experimento cuando me encuentro en compañía me parece un rasgo negativo, pues, como casi todas las necesidades, ésta se manifiesta de manera imperiosa.

Guía para el mundo de los muertos. Cuando estés seguro de que el cuerpo te ha dejado, está triste por el bien que no llegaste a hacer, y deja de estarlo y empieza tu viaje hacia el pasado. Alégrate del mal que no llegaste a hacer, y deja de estar alegre y date cuenta de que lo que te empuja es el azar, que cuando ibas en sentido inverso te pareció orden, o necesidad. Etcétera.

Para Gemma Pichot

ÍNDICE

Impreso en el mes de marzo de 1994
en Talleres LIBERGRAF, S. L.
Constitución, 19
08014 Barcelona